六十年，士必弘毅 (下)

1958恆毅中學

周禮群——著

恆毅校舍演進史

大門

民國四十七年建校初期的第一代大門較為窄小，民國四十九年擴建後，第二代校門可容納車輛進出。民國七〇到八〇年代的第三代校門具有現代化的造型，民國九〇年代以後，改建為目前的第四代校門。

忠孝樓

民國四十七年九月一日，忠孝樓西段二層樓校舍完成，二期工程為忠孝樓東段二層樓。民國五十一年，忠孝樓三樓持續興建，初為學生宿舍，後改為普通教室。民國六〇年代，忠孝樓前方造景為一圓形水池，「恆毅中學」四字則為考試院副院長賈景德先生親題。時至今日，忠孝樓前方重新整修，增加耶穌聖像，水池也因應車道改建。

①

④

③

②

⑤

SDOM JUSTICE COURAGE CONTINENCE
⑦

WISDOM JUSTICE COURAGE CONTINENCE
⑥

⑧

聖堂

建校初期的聖堂有一堵醒目的紅色大門，民國七十三年一月，於原址改建為現今的模樣。

①

②

科學館

民國五十六年，科學館落成。

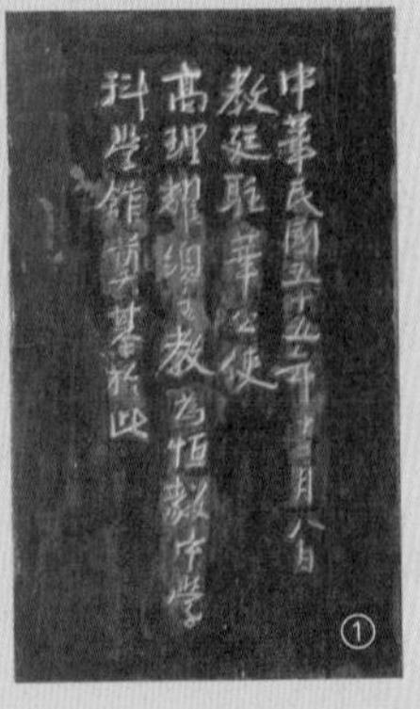

①

館學科之中建興
②

③

④

⑤

科學館——進行實驗

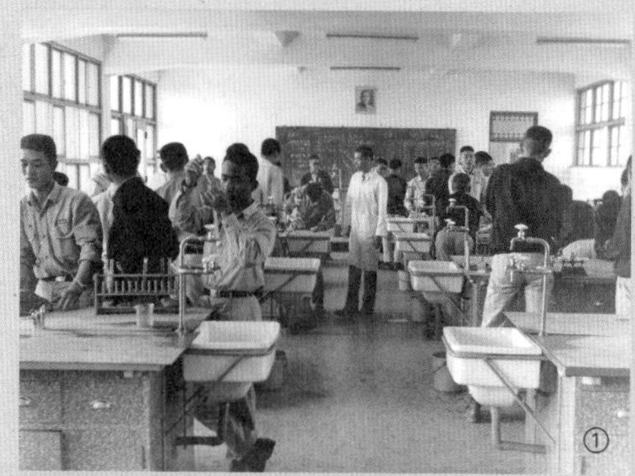
①

②

③

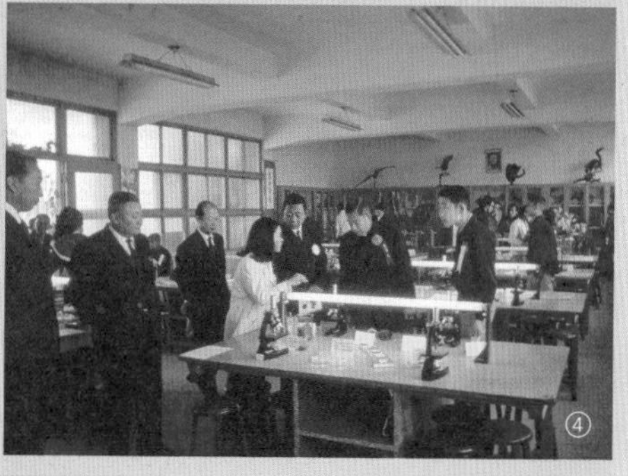
④

⑤

信義樓、仁愛樓

民國五〇至六〇年代的東院，於民國七十四年改建為仁愛樓，七十五年信義樓完工

智仁大樓、范若望教學大樓

民國五十七年竣工的智仁大樓，為男生宿舍和藝能科專用教室。民國九十七年八月拆除，民國一百年，范若望教學資源大樓完工。

①

②

③

和平樓

民國七十九年七月三十日興建完成。

活動中心

民國六十一年二月一日，學生活動中心完工。

①

②

③

④

⑤

⑥

若石樓

民國八十六年九月一日完工啟用。

①

②

③

④

恆毅樓

民國七十四年二月八日學生餐廳完工，民國九十二年十月二十四日拆除，空地興建恆毅樓。

早年的宿舍原本在智仁樓及科學館頂樓、信義樓三樓分別有男生、女生宿舍。恆毅樓完工後全數遷至恆毅樓四、五樓。

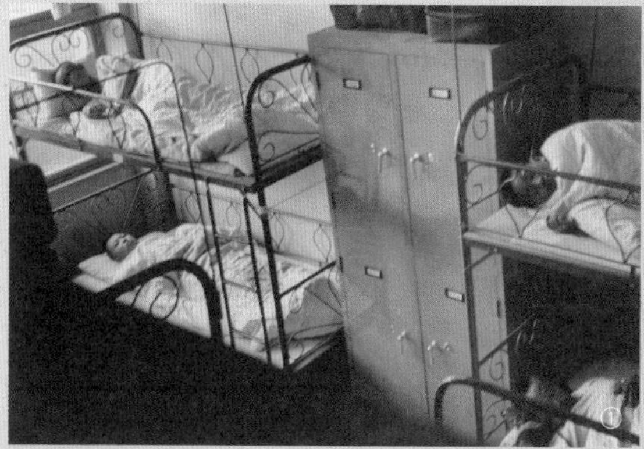

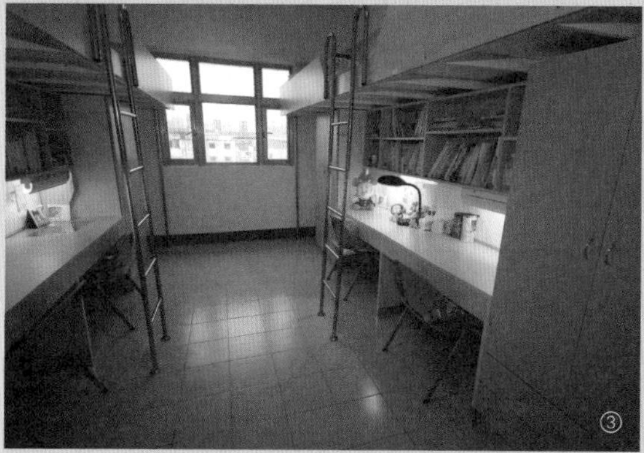

放學時刻

②

①

③

④

⑤

操場

④

雕塑

圖④ ▌校友于豐仁捐贈興建83.5.22

圖② ▌第41屆家長會會長羅新明暨全體會員致贈88.10.31

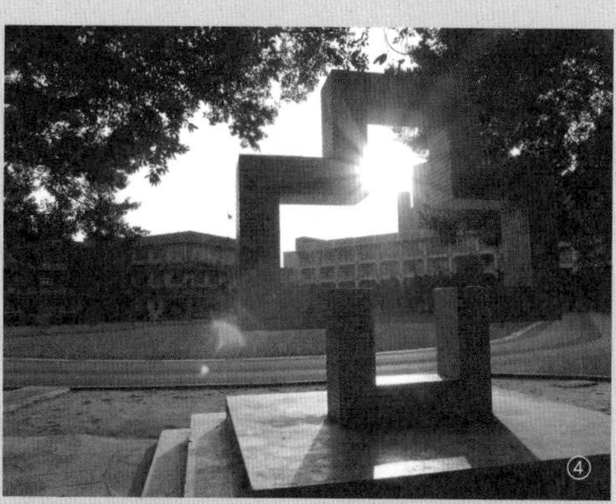

傑出校友名人堂

黃信育

初中部 | 畢業屆數 20
黎明技術學院助理教授兼
時尚經營管理系主任／副主任

· 人生填空題：

18歲的時候，我想成為軍人，精進戰技保家衛國；
現在我53歲，我成為了老師，培育棟樑貢獻社會。

· 給學弟妹的話：

快樂學習、擁抱技能！

林沛辰

高中部 | 畢業屆數 35
電影電視廣
美術指導（二度入圍金鐘獎）

沈航

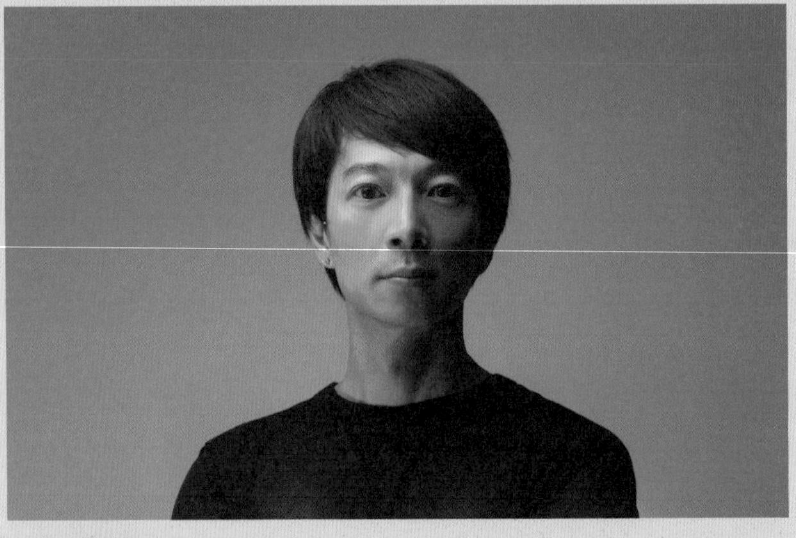

高中部 | 畢業屆數 25
如果兒童劇團駐團藝術家
舞台設計師及教育工作者

李佳龍

高中部 | 畢業屆數 37
國立成功大學學士碩士
大阪大學 基礎工學研究科博士
曾任國立研究開發法人產業技術
總合研究所（研究員）
現任日本電氣哨子株式會社（NEG）
主任研究員

蘇育賢

國中部、高中部 | 畢業屆數 35、38
台灣大學藥學系學士
台灣大學科際整合法律學研究所碩士
現任診所藥師

· 給學弟妹的話：

祝福我的母校恆毅中學作育英才，長長久久，並祝福所有的校友與學弟妹在追求目標面臨挑戰時，貫徹恆毅的精神，永不放棄！「痛苦會過去，美會留下」！

林宜儒

國中部、高中部 | 畢業屆數 40、43
德豐管理顧問創辦人
財團法人三創育成基金會副執行長
（icook創辦人）

陳柏仲

高中部｜畢業屆數 47
銘傳大學華語文教學學系
現任中華民國泰國拳協會教練
中華民國泰國拳協會理事
曾參加2017、2015年IFMA世界盃泰拳錦標賽
2017年世界泰拳慈善賽
2017年台北國際搏擊爭霸賽
2016、2015年兩岸四地泰拳邀請賽

黃建義

高中部 | 畢業屆數 47
文化大學社會工作系
曾任8mm cafe shop Manger、
Asia49 restaurant & lounge Bar supervisor
現任Fitting Room Manger
參賽經歷：
2016 6th Taiwan Suntory Competitions
2017 Elit art of Martini competition Taiwan champion
2017 Elit art of Martini global final top 40

· 給學弟妹的話：

在恆毅的日子，是人生最快樂的日子，沒有煩惱、沒有憂愁，開心的過足每一天，而這些日子是過程、也是回憶、更是未來的養份。很開心這些年我一直謹記在心的所有導師以及恆毅中學，讓我瞭解到，什麼時候開始找到自己想要的並不重要，重要的反而是：開始以後就不要停止。這些過去美好的養份，是一直讓我不斷往前進的動力。謝謝恆毅中學，也謝謝高中的一切，60週年快樂。

柳內惠茹

高中部 | 畢業屆數 49
台中市立忠明高中
HBL高中甲級聯賽專任女子籃球隊教練

· 給學弟妹的話：

堅持比努力重要。

機會不是留給準備好的人，是準備好的人才有機會。

陳乃瑞

高中部 | 畢業屆數 51
大葉大學休閒事業管理學系
曾任國中棒球社團指導老師
黑豹旗全國高中棒球大賽裁判
棒球協會裁判員
現任中華職業棒球大聯盟裁判

· 人生填空題：

18歲的時候，我想成為棒球裁判；
現在我26歲，我成為了棒球裁判。

· 給學弟妹的話：

如果你迷失了方向，回頭看看當初為甚麼走到這裡。當你有了成就，別忘了當初是誰幫助過你。把這份愛傳遞下去，莫忘初衷，逐夢踏實，做自己生命的英雄。

林威豪

國中部 | 畢業屆數 55
世新大學廣電系大一學生
曾任Avier積中盛網路行銷部經理
現任IWAISHIN愛威信3C科技站長
邦尼幫你3C科技網站站長
邦尼幫你YouTube頻道製作人
恆毅中學數位多媒體課程兼任老師

・人生填空題：

18歲的時候，我想成為程式設計師；
現在我18歲，我成為了科技網站總編輯。

・給學弟妹的話：

精彩還沒有結束，一切才剛剛開始。

六十年，士必弘毅 下

1958恆毅中學

慶賀　恆毅中學六十年

我很喜歡讀道德經的第十六章「致虛極，守靜篤。萬物並作，吾以觀復。夫物芸芸，各復歸其根。歸根曰靜，是謂復命。復命曰常，知常曰明。不知常，妄作凶。知常容，容乃公，公乃王，王乃天，天乃道，道乃久，沒身不殆。」這是兩千五百年前用中華文化的語言來理解天主，其意境跟基督信仰所認識的天主，相去不遠。

天主教與中華文化有好幾次相遇，但總是擦身而過，最近一次的相遇，不幸是在清末，滿清的積弱，列強的入侵，文化上的博大被武力壓制，整個民族自卑，也不被尊重。

所幸信仰的智慧，讓梵諦岡教廷派出有遠見的駐華代表剛恆毅樞機，他用尊重中華文化的方式，重新建構在中國生根的信仰，恢復尊孔、祭祖、華人擔任主教，承擔管理教會的責任，並成立第一個華人的修會──主徒會，教育立志奉獻修道的神父，以提升他們的學識涵養。

修會成立沒有多久，就遇上國共政治上的爭鬥，讓遠在河北宣化的主徒會，因緣巧合地來到台灣，六十年前，在新莊，成立了恆毅中學，回應社會需求。

物資缺乏的時代，神父們胼手胝足的建立一所學校，著實不容易，經過六十載的歲月，這是一個襁褓中的娃兒，越過無知的幼年、衝破狂飆的青少年、砥礪奮發的青年、到了知命耳順的中年。

我有幸陪伴這所學校度六十歲生日，我們要感謝神父們的辛苦付出，要謝謝許多恩人的幫助，要感謝許多老師用自己青春歲月在這裡付出教育大愛，更多有著高度自我期許，表現優秀的校友們、同學們，我們一起造就這所學校的歷史。

我就任恆毅校長後，從同仁那裏聽到許多有趣的故事、感人的故事、有喜樂，有挫折，我覺得應該藉著六十年校慶的時候，整理這些故事，讓我們後生晚輩可以看著這些故事，砥礪自己傳承恆毅文化，於是我們在一年前，開始籌備出版這兩本記錄恆毅中學的故事書；感謝怡靜、玉菁兩位主任，積極地找到了輔仁大學大眾傳播系畢業我們的優秀校友禮群，他原本就出版許多年輕人愛讀的小說，請他擔任這樣的說書人角色，由他寫出他曾經經驗的故事，再適合也不過，感謝天主給的好寫手。

我們的第三屆校友，他在大學畢業之後，立刻被召回母校，擔任教職的李遵信主任，四十餘年在學校當學生、當老師、當主任，拔刀相助，幫忙很多；接下來天主召喚了許多貴人的投入與幫忙，校友們、老師們的分享，學校國文科老師協助校稿，許許多多的助力，請容我致上最深的謝意。

「勤管嚴教」與「恆愛毅生」，是我們這所學校的重要傳承，求天主降福我們這所學校，教職員工因著「教育愛」，能夠成為地上的鹽，世上的光，繼續培養學生，以愛傳愛，讓他們相信這個世界有「愛」，培養正向的價值觀，願意用「愛」去改變這個世界，讓眾生「各復歸其根」。

校長　陳海鵬　謹序

2018.08.15聖母升天瞻禮

目次

勇敢

節制

附錄

智慧

選擇恆毅的理由

今天是恆毅的大日子！

民國一百零七年春末，一年一度的恆毅生活營即將於晨間展開，對入學就讀感興趣的家長和學生們，會到校參觀聆聽課程簡報、認識校園環境。而其中有許多小學六年級的孩子，則會在九月初成為恆毅中學的國一新生。

為了這一天，學校各單位無不嚴陣以待，老師們再三確認流程，進行沙盤推演，學生們反覆檢查各班的打掃環境，負責英文話劇表演的同學們則早已將台詞背得滾瓜爛熟，所有人各司其職分工合作，目標只有一個，就是希望拿出最好的表現。

生活營的宣傳如火如荼地進行著，手機上的恆毅官方網站、臉書粉絲專頁隨手一滑就看得到，實際行經新莊中正路，也能在校門口的電子看板瞥見特別設計的動畫和跑馬燈。

訊息如風起時的蒲公英般往四面八方散出，在複雜的人際網絡中幾經輾轉傳遞，其中一朵種子，正好落在李遵信老師跟前。

已經退休的李遵信老師是恆毅高中部第三屆的校友，回想起當初擠進恆毅的窄門，可是歷經了千辛萬苦才脫穎而出呢！

儘管才招收了兩屆學生，恆毅中學在新莊地區就已是赫赫有名的私立學校，以勤管嚴教和苛刻的淘汰制度聞名遐邇，而且還不是人人都能讀，想要入學，請你先通過入學考試。

李遵信老師記得當年恆毅一共開出三個考場，分別在基隆、台北市與新莊。他選擇了台北市的考區，應考當天人潮洶湧，北一女有一半的校舍被借來當考場，目測大概有三、四十間教室，據說一共有兩千人前來應考。

然而，恆毅卻因為教室不夠用，頂多只能招收兩班，也就是一百一十個學生。換算下來錄取率約莫是百分之五點五，可能比考大學還困難。

放榜那天他才真是膽顫心驚，沒想到榜單一揭，總共居然只錄取了一班學生，寥寥可數的五十五個！幸好李遵信老師看見自己的名字出現在牆面上，不過，他還是忍不住替自己成為百分之二點七五的好運捏了把冷汗。

後來他才聽說，學校會把入學考試的考卷先給在校生試寫，然後取一個平均分數標準值，考生若是成績不到標準，學校寧可不要。也就是說，該年只招收一班，是因為只有五十五名學生符合恆毅中學要求的素質。

開學第一天又是另一個當頭棒喝，高一新生的教室裡，竟然塞了七十七個人，整間教室從頭到尾、從左到右坐得滿滿的，幾乎沒有通道能夠走路。其中多出來的二十二個是留級生，留級的比例之高令人咋舌。

李遵信老師升上高二的時候，班上還有上一屆的留級生又繼續留到了下一屆，到了畢業那年，則只剩下三十二個人出現在畢業紀念冊上。

所以，有幸能從恆毅中學畢業的學子，肯定都是千錘百鍊後人中龍鳳。

除了淘汰機制嚴謹，學校也是真的管得很嚴，在李遵信老師印象中，班上有很多軍官的孩子，曾有一位將軍對老師說道：「我的兒子特別淘氣，所以才送來恆毅，你就給我管，打死了都沒關係！」

看到將軍的孩子都被約束得服服貼貼，其他同學又怎好意思再調皮搗蛋？

聯電的胡國強董事長是初中部第四屆的校友，他認為恆毅中學不只是淘汰學生的機制嚴格，就連對老師也採取相同的態度，從老師到學生全都兢兢業業，所以才營造出奮發向上的校園氛圍。

曾經有一回，胡國強董事長違反下課時間不准打籃球的規定，和同學在教室後面拍球，砰砰砰的聲音傳到了隔壁校長室，驚動了校長范文忠神父。

耳尖的范文忠神父立刻衝出來，指著胡國強董事長的鼻子大罵：「胡國強，你陽奉陰違！到校長室等我！」

胡國強董事長乖乖走進校長室，等到范神父將校園巡視一遍後，再回到校長室時仍舊怒氣沖沖。神父拿厚板子打了胡國強董事長三下手心，那三下狠狠敲進了他的心裡，讓他從此不敢再犯。

父母將孩子送到恆毅來，總能夠非常放心。

雖然偶有鬆懈的時刻，大多數時候，胡國強董事長對自我的要求都相當嚴厲。

他的父親是退伍軍人，因為得了肺結核病，只能做待遇很低的雇員。家境清寒逼得他要求自己考試一定要考第一名，因為唯有拿到獎學金，他才能繼續在恆毅唸下去。

窮困培養出他充滿衝勁和鬥志的性格，結果，胡國強董事長連續三年，拿了六個學期的第一名，創下恆毅創校以來無人能破的紀錄，家中考第一名得到的獎品—鋼筆也累積了一大堆。等到要畢業時，加上三年全勤，他在恆毅一共拿了二十八張獎狀。

父親驕傲得不惜砸錢買來花環，在畢業典禮當天獻花，還特地留影紀念。

因為深知他秉性純良，某些能夠網開一面的時刻，校方也不會太過苛責。

有一次，忠孝樓的水桶裡沒水了，胡國強董事長只好從初中部跑到位於東院的高中部取水喝，卻被阿張（張金賞主任）逮個正著，按照校規規定，初中部和高中部只能在自己的活動範圍內，絕不能越雷池一步。

張金賞主任要他到辦公室裡等著，胡國強董事長原以為可能又要挨板子了，沒想到主任只是警告他兩句，然後就放他離開。

胡國強董事長少年時的天真也表現在某次段考後的反應上，那回考題特別難，全年級的平均分數都因此而拉低了，他雖然仍是拿了第一名，卻偷偷把考卷藏起來，不想給父親看見考差了的分數，直到某天父親瞥見他手中把玩的新鋼筆，才曉得這件事情的始末。

高中聯考之際，孫澤宏主任為了鼓舞同學，甚至提出「考上聯考榜首可得到兩萬元獎學金」的承諾，民國五十年上下，兩萬元非同小可，胡國強董事長直覺孫主任這番話是對他說的。

劉嘉祥神父（前排左二）、麻斯駿校長（前排右二）與教師、學生合影。

然而人外有人天外有天，胡國強董事長雖然在恆毅中學是領頭羊，在強敵環伺的考場上儘管擠進了建國中學的窄門，但還是沒能拔得頭籌。

胡國強將孫澤宏主任的盼望牢記在心，建國中學畢業後，順利考取台灣大學電機系，同時更考上軍校聯招的狀元，這時他才覺得，自己總算不負孫主任當年的冀望。

他在台大和軍校之間難以抉擇，胡國強董事長特別徵詢恆毅和建中六年的同窗好友蘇貴榕、擔任書田醫院眼科主任父親的意見，是蘇貴榕的父親仔細分析衡量了利弊，才讓他決定去唸台大的。

不以規矩不成方圓，胡國強董事長認為，就讀恆毅中學對他的一生有很正面的影響。大二時他去位於深山中的石碇天主教堂探望昔日校長范文忠神父，看著神父身穿長袍忙裡忙外，那謙卑、慈藹的模樣，瞬間讓胡國強董事長明白了許多生命的道理。

日後，他更公費留學出國深造，成為台灣科技領域的先鋒，以豐富的ＩＣ設計產業經驗和背景，成為矽谷叱吒風雲的人物，為全球科技發展翻開嶄新的一頁。

若是沒有這些點滴，若是沒有家庭、學校的養成和師長、同學陪伴，也許生命呈現的方式也會有所不同呢！

師範大學生物系汪靜明教授是台灣研究櫻花鉤吻鮭的權威，亦是恆毅中學第十一屆初中部的校友。汪靜明教授當時家住泰山，公立國中則剛辦學兩年。他聽說恆毅中學非常嚴謹，認為初中階段是建構基礎框架的時候，需要的正是嚴謹，相較之下，公立國中儘管學費便宜，卻還在尚未成熟的實驗階段，於是他選擇就讀恆毅。

民國五十八年上下，恰逢恆毅中學蒸蒸日上的時期，校園裡來了一批如李遵信、劉明維、江秋月等懷抱熱情的年輕老師。孜孜不倦的老師碰上對未來懷抱期許的學生，營造出奮發用功的氛圍，後來更創造出班上十多人錄取建中的榮景。

汪靜明教授還記得，有一次歷史小考，劉明維老師二話不說，先叫他站起來打手心。

「汪靜明，手伸出來！」劉明維老師拿籐條抽了他兩下，才對他說：「你可以考一百的，怎麼只考九十八？」

汪靜明教授點點頭，歷史是他的擅長科目，那次他難得考不好，認為挨罰是應該的，而且，縱使只考了九十八分，他的成績仍是班上最高的，老師甚至沒有處罰其他考得更差的同學，所以他覺得被打得相當榮幸。

他明白老師心目中對學生的期待，相信恆毅中學是一個很認真辦學、培育人才的地方，因為雙方建立了足夠的信任，他相信老師不會無端責打學生，所以他坦蕩蕩地把學習過程交給老師，心中不曾有過怨恨。

恆毅的老師還教他拿尺擺在考卷上，在作答時一題一題往下挪，這樣視線就不會亂飄，也不容易眼花看錯。這個方法受用至今，回想起來，可見老師們多麼用心、教得多仔細。

「恆為成功之母、毅乃失敗之敵」幾乎成為汪靜明教授的座右銘，天天考試的慣性讓他養成自動自發的持續力，也影響了他日後的研究工作，奠定了他考上建中、師範大學生物系後，持續觀察生態的恆心和毅力。

汪靜明教授曾說，恆毅中學階段就好比樹木的樹根和樹幹，根基不夠穩樹就容易倒，他在這時期努力向下紮根蔓生，有朝一日才得以開枝散葉、繁茂興盛。

監察院副院長孫大川先生則是第十二屆高中部的校友，他是台東卑南族人，也是十個孩子當中最小的。民國五十八年，他自台東初中畢業，母親便要他負笈北上，搬到桃園的眷村裡陪他的大姊。

孫大川先生的大姊在手足中排名第五，大學畢業後嫁給在國防部擔任軍官的姊夫，從台東搬到桃園，在壽山國中任教，兩人也陸續生了三個小孩。然而，大姊夫卻突然罹患肝病，從生病到過世不到半年，留下孤兒寡母，最小的兒子不過三個月大。

母親擔心離家的女兒，讓孫大川先生到台北陪姊姊，剛好姊姊的大學同學在恆毅中學教書，告訴他們恆毅在各個方面都是優質的學校，促成了孫大川和恆毅的緣份。

孫大川先生的思想特別早熟，初中時代就讀很多書，例如英國哲學家、數學家和邏輯學家伯特蘭•羅素的著作。他從很年輕時就非常關心原住民議題，父親那種類似陶淵明的閒散個性也深切地融入了他的生命，所以，他定位自己是個哲學人，明明外表年輕，卻擁有經常鑽研哲思的老靈魂。

比起一般同學，身為天主教徒的孫大川先生更能深刻感受恆毅中學平靜、循規蹈矩的宗教氛圍，他在教友老師、校長身上看到不一樣的宗教向度，能在學校推動的某些價值中感受到和天主教信仰的連結。

孫大川先生也常常代表恆毅中學參加台北縣作文比賽，總是拿下前三名。

高二時，前總統蔣經國先生在媒體上發表演說，題目是引用王陽明的「說一丈不如行一尺，知之深不如行之著」，當時很流行用名人講話作為聯考題目，於是孫澤宏主任便請孫大川以此為題寫篇作文。

孫大川先生交出一篇洋洋灑灑兩千字的文章，孫主任看了大為讚賞，還令一位擔任文書的老先生用毛筆把整篇文章抄錄一遍，張貼在公布欄上，要求初三和高三的學生們去穿堂好好讀一讀。

在恆毅的三年當中，孫大川先生最懷念的是高一的導師王龍溪老師。王龍溪老師雖然只教了他一個學期，二人就因為重新編班而分開了，但是，王老師仍然持續關心他的狀況，甚至在他當兵時寫信鼓勵他。孫大川先生說，在他成長過程中比較煩悶或沒有動力的時候，他都會把信拿出來看看，讓文字中的期勉激發他重拾熱情。

高中畢業後，孫大川先生陸續於台大中文系、輔仁大學哲學研究所以及比利時魯汶大學漢學研究所深造，日後更成為知名的臺灣原住民作家和政治人物，曾出版多本著作，並任原住民族委員會主任委員，現在則是中華民國監察院副院長。

高中時期的際遇成為孫大川生命中不可分割的一部分，而王龍溪老師的信件內容，幾乎銘刻在孫大川先生的腦海中，讓他倒背如流……

「大川，我們相處雖然只有短短的一百多天，但是我始終淡釋不了你在那段日子散發出來的灼熱感。始終我相信有一天你一定會燃燒起來的。我寫信給你，是因為我急於知道我記憶中的孫大川是否仍然存在。明年就是高三了，這一年或許關係著整個人類的歷史。接到你的信和那三篇短文，我彷彿見到拂曉裡迸出來的第一道曙光，刺眼、暈眩而令人興奮……」

曾任恆毅中學家長會長的韓連忠總經理是初中部第十九屆的校友，由於曾經實際參與校務，他對學校的近況更是如數家珍。

韓連忠總經理的父親是隻身來到台灣的山東人，存有「萬般皆下品唯有讀書高」的信念，希望將他送進嚴格、知名的學校。

即使家中經濟狀況困窘，他考上了學費低廉的公立國中的實驗班，而恆毅中學又是大部分學生都有頭

民國60年教職員大合照。

有臉的貴族學校，父親仍堅持：「再怎麼樣打拚，也要讓他來讀！」韓連忠總經理能有今日的一番成就，著實感念自己的父親，為了報答在初一時過世的父親，他也是苦讀三年，不願辜負他老人家的美意。

後來，更把自己的孩子也送進恆毅中學讀書，希望下一代也能和他一樣，接受良好的教育。

時序回到民國一百零七年，這天上午，人們爭相湧進恆毅中學大門，參加這天舉辦的恆毅生活營。

一對母女經過警衛室時，媽媽還不斷叨叨絮絮，對女兒說道：「恆毅中學培養出很多傑出人才耶，像是那個聯電前總經理胡國強啊，還有有名的教授汪靜明啊，都是恆毅中學的校友欸。」

另一個媽媽則說：「我打聽過了，恆毅很嚴格，就是嚴格才好，小孩才不會學壞！」

這時，一台車輛駛入校園，一對夫妻帶著兒子下了車，竟遇到幾名經過的學生向他們打招呼。

「老師好！」學生說。

「我不是老師啦。」太太抿嘴而笑，然後對先生偷偷說道：「恆毅的學生真有氣質，很懂禮貌耶。」

「我也這麼覺得，就選恆毅了吧。」先生回答。

民國一百零七年的親師懇談實況。

沒有血緣卻親如手足

「尤聰健，麻煩你去幫我帶小孩回來。」簡惠眉老師囑咐。

「是。」國中男孩自座位上起身。

男孩三步併作兩步，熟門熟路地往恆毅幼稚園的方向跑去。不到十分鐘光景，便牽著一個年齡不過五歲的孩子回來，一大一小兩個男孩手牽著手有說有笑，大男孩還替小男孩拎著書包，看起來彷若親兄弟。

他們倆其實沒有血緣關係，讀幼稚園的小男孩是簡惠眉老師的兒子，國中生大男孩則是她的學生。每天下午，簡老師都會請尤聰健去幼稚園幫忙接兒子放學，認真負責的尤聰健也總是使命必達，讓她非常寬慰。

最重要的是，尤聰健欣然接受老師指派的保鏢任務，從來沒有表現出不耐，甚至把老師的小孩當作自己的小弟弟般看待，一有空就會陪他玩。

「謝謝你，真是我的好幫手。」簡惠眉老師對學生道了謝，隨即低頭對兒子說道：「先去辦公室寫功課吧。」

「好，哥哥再見。」小男孩討回自己的書包。

「要乖喔。」尤聰健摸摸小男孩的頭。

簡惠眉老師笑看兩人親暱的互動，驀地感到心頭一陣溫熱。她不由得想起自己剛來恆毅打工的模樣，大概和尤聰健現在的年紀不相上下呢。

民國七十五年，簡惠眉老師負笈北上，寄宿在身為板橋中學老師的表姊家，她白天在恆毅中學的訓導處（日後的學務處）擔任工讀生，晚上則在輔仁大學夜間部唸書，半工半讀自食其力。

每天早上，她打濕抹布，一一擦拭每個辦公座位的桌子和椅子，接著幫大家傾倒垃圾、再砌壺熱茶，然後擰乾一條條教職員們的專用手巾，整齊疊放於每張辦公桌上的瓷盤裡，讓每位教官一大早就能擁有好心情。

身為全校年紀最小的員工，又離鄉背井獨自到北部打拚，孫澤宏主任、薛琳主任和周碧湖及廖振華教官等人都非常照顧簡惠眉老師，將她視為自己的妹妹般疼愛。

「簡小妹啊！」孫澤宏主任老是這麼喊她。綽號「阿飽」的孫主任在學生眼裡總是不苟言笑，卻對簡惠眉老師特別親切和善：「聽說妳人不舒服嗎？」

「有點感冒。」簡惠眉老師揉揉泛紅的鼻頭，不好意思地說。

「那要多喝熱開水，多休息啊，感冒才會好得快。」孫澤宏主任以關切的目光上下打量她，還不忘再三叮嚀。

「晚上不要熬夜，熬夜傷身體。」周碧湖教官接著說。

「好，知道了。」簡老師乖巧地點點頭。

眾人的關心讓簡惠眉老師感受到家庭般的溫暖，彷彿她從來不曾離家，反倒是多了好幾位大哥哥。她甚至像個倍受長輩疼惜的孩子，領過主任和教官們的紅包！

初來乍到的第一個除夕，人稱「阿三哥」的薛琳主任便塞了紙紅包給她，說是要慰勞她平日的辛苦。

每當薛琳主任出現，便讓恆毅學生們心驚膽顫，他教訓學生的時候會邊拍打別人的後頸邊罵口頭禪：「腦子不夠用！」可是對簡惠眉老師卻親切倍至。

「可是我已經不是小孩子了，怎麼好意思收您的紅包？」簡惠眉老師面紅耳赤地推辭。

「沒關係，妳平常幫我很多忙，這點小意思是我的心意，妳就收下吧。」薛琳主任堅持。

過年的紅包耶，是代表祝福和好運的壓歲錢耶，通常是由一塊兒圍爐的近親長輩發給晚輩，非親非故的人才不會如此大費周章呢！

可見，薛琳主任是認真地把她視為自己人。頭一次領到家人以外的前輩給的紅包，簡惠眉老師永遠忘不了接過那個紅包時，內心湧現的澎湃與感動。

她用紅包裡的現金應付生活開銷，然後繼續將紅包袋留在身邊，收進抽屜的深處，小心翼翼仔細保存。

周碧湖教官（左一）與學生合影。

即使歲月的洪流將紅紙上的香水氣味席捲而去，當初耀眼的洋紅色也逐漸褪盡，偶爾，她還是會把紅包袋拿出來摸一摸、嗅一嗅，撫觸紙質上細緻的紋路，藉以睹物思人。

還有、還有，大二那年，她生平首次出國旅遊。南部來的平凡孩子能有機會搭飛機出外看看這個世界，順便讓大學主修的外文派上用場，簡惠眉老師可是對旅程充滿期待，也用心積攢旅費。

簡惠眉老師向恆毅請了假，也早早收拾好行囊，隨著出發日期一天天接近，她也愈來愈藏不住雀躍的心情，鎮日笑嘻嘻的。

其實，光是出國本身，就讓她樂得彷彿要生出翅膀、飛向雲端了，沒料到上飛機的前兩天，竟發生了另一件讓她又驚又喜的大事！

這一天，周碧湖和廖振華教官攔住她，二話不說便從口袋裡掏出紅包，每個人各包了兩千元，說是要給她作旅費！

當她抽出那四張白花花的千元大鈔，剎那間還真是看傻了眼……

兩千這個數字很大，以八零年代的物價而言，一包乖乖是五元，一碗陽春麵是二十五元，兩千元可以讓簡惠眉老師填飽八十次肚子，相當於整整一個月的伙食費！這些紅包錢，可是人家辛苦工作賺取的薪資。周碧湖和廖振華教官從來就不是奢侈浪費之人，兩千元的大手筆可不是擺闊，而是對親愛之人的慷慨。

簡惠眉老師在兩位大哥哥眼中看到真摯的情感，正是這份情誼讓簡惠眉老師毅然決然將畢生精力投注於恆毅中學的教職上，從工讀生做起，一路考取老師，直到退休不曾離開過。

不過，這中間還是有一段小小的插曲……

輔仁大學畢業以後，簡惠眉老師自認為是個不懂世面的鄉下小孩，考量到自己害羞內向的性格，原本只想在學校裡擔任行政工作，處理文書作業即可。

但李遵信主任可不這麼想，李主任鼓勵她報考教師資格，給了她信心和動力，於是簡惠眉老師磨練自我，從最初的上台講話會結巴臉紅，進步到能夠坦然面對學生，也順利得到教師資格。

從此，恆毅中學的英文老師一職，成為簡惠眉老師今生最初、也是最終的一份正職工作。

「媽，我寫完功課了。」小男孩蹦蹦跳跳地跑了回教室。

「跟朋友們去玩吧。」簡惠眉老師愛憐地摸摸小男孩圓鼓鼓的臉蛋。

「好。」小男孩再度蹦蹦跳跳地跑向走廊。

望著兒子再度消失在視線範圍內，簡惠眉老師一點兒都不緊張，她對圍牆以內的環境感到相當放心。恆毅中學教職員的孩子們當中，年齡接近的大約有十幾個，包括溫旺盛、陶慧君等幾位老師的小孩，每天傍晚寫完作業，就會吆喝彼此一同到操場上玩沙子、騎腳踏車，或是在建築物裡外竄來竄去追逐嬉鬧。

儘管時常跑得不見蹤影，父母們卻不曾因而感到焦慮。他們相信，校園內的大哥哥、大姊姊們親切和善，學校環境設施也非常安全，在天主的看顧下，恆毅中學彷若一座堅實的堡壘，把危險隔絕在外。

說起這座堡壘，也是歷經多任校長，一點一滴費心砌成的。

從在臺創校的首任校長范文忠神父開始，先是忠孝樓和東院，後來又添購了恆青大道後方的校地六千餘坪，增建教職員與學生宿舍、運動場和餐廳。

第二任校長王臣瑞神父時期，科學館於焉動工，於第三任校長劉嘉祥神父落成，隨後是智仁大樓和活動中心的興建。

在麻斯駿神父擔任第四任校長期間，拆除東院改建為仁愛樓和信義樓，新砌的聖堂和學生餐廳也陸續完工。而劉嘉祥神父繼任第五任校長時，和平樓拔地而起。

第六任校長卓明楠先生促成了若石樓，第七任陳永怡神父任內則啟用了溫水游泳池、攀岩塔、恆毅樓和范若望教學資源大樓等建物。

恆毅中學的建築一幢接著一幢矗立，往後在第八任卓明楠先生、第九任賴永怡先生以及現任校長陳海鵬先生的帶領下持續補強，高聳的大樓教室和聖像彷彿庇佑著校園中的孩子們，從此屹立不搖。

有了這一份心安，劉明維主任和江秋月老師夫妻讓兩個兒子都讀恆毅中學，他們的小女兒雖然國中讀的是金陵女中，在校園內玩耍時，碰上劉嘉祥校長都會喊他「校長神父爺爺」，所以，江秋月老師總是笑稱除了自己以外，包括丈夫、孩子們，全家都是「恆毅人」。

簡惠眉老師（正中央穿白洋裝者）參加同事婚禮。

楊濟銘和羅美枝這兩位老師各自的小孩，也可以說是在恆毅校園裡長大的。

楊濟銘老師的兒子楊士賢就讀新莊國小時，放學後就會自己走進恆毅校園，有時和其他老師聊天，有時在辦公室寫功課，有時則和玩伴們在操場旁玩跳格子。

羅美枝老師的兒子唸的也是恆毅幼稚園，有一陣子，他在玩耍的時候把自己的腳趾給弄骨折了，行動不變得情況下，好一段時日上學放學都得讓羅美枝老師揹著去。

某一天，他在辦公室裡寫功課，突然之間便意襲來，讓他的肚子痛得不得了。

「噢，好想上廁所喲……」

「你媽媽去上小夜了，怎麼辦？忍到下課吧？」

「不行，我忍不住了！」

這時，另一個老師的孩子便給他出了主意：「我知道誰沒事，校長沒事。」

羅美枝老師的兒子聽了覺得很有道理，於是一群孩子便敲響了陳神父的辦公室大門，陳神父完全沒有校長的架子，當真揹著男孩前去廁所上大號，然後又揹他回辦公室。

這件事情是很久以後，羅美枝的兒子偶然想起，才對媽媽說的。有感於陳神父的慈愛，羅美枝老師更是盡心盡力為學校奉獻，將那份關懷在學生、同仁身上發揮得淋漓盡致。

不僅是小孩，老師們也在同樣的環境中相處愉快。

對生性注重隱私的徐文彩老師而言，恆毅中學不像一般私人企業，會有鞏固權力的小團體，即便徐老師鮮少參與下班後的聚會，卻從來不覺得自己像個外人。

林鑫政老師曾在其他學校待過，他校那種主任和老師之間宛如主雇的關係使他相當不舒服，後來，恆

陳海鵬校長與歷屆會長及卓明楠前校長合照。

毅中學和諧的風氣吸引了他，那種相互吁寒問暖的情誼讓他產生「家」的感覺，所以一待就是幾十年。

楊濟銘老師亦是如此，身為恆毅中學的校友，他不僅回到母校教書，還把自己大學時期的女朋友、日後的妻子也拉了進來，因為深深相信這裡是個值得託付終生的好地方。

還有其他更多、更多的老師們，也都基於同樣的想法，匯集於恆毅中學……

民國八十二年，羅美枝老師才剛到職兩年多，她腹中懷著第一胎孩子卻無法稍加鬆懈，因為國三導師班的學生們也像是她的孩子，這批國三的「孩子們」非常爭氣，明明五點多就放學了，卻自願在校自習到晚上九點多，為了表示支持，羅美枝老師寧可挺著大肚子，也要在夜裡或週末陪讀。

這天晚上，羅老師不小心染上感冒，縱使身體很不舒服，但是她仍勉力撐著，不願意拋下學生們自己回家。

她熬了個把小時，頭暈腦脹、腹痛胸悶，只覺得教室裡的板凳好硬，又覺得講台高度不對勁。終於她忍不住起身，回到辦公室座位待著，直到九點才下班回家。

隔天一早羅美枝老師就發現事情嚴重了，她的臉……整個歪了！

羅老師的臉部彷彿不受控制，眼部周遭肌肉不自覺地異常顫動，開口說話相當費力，而且整臉看似眼歪嘴斜，把她給嚇得六神無主。

「妳怎麼不先去看醫生，居然還來上班？」辦公室裡，同事驚叫。

「美枝，妳這樣不行！趕快去醫院掛急診！」同事們催促。

「可是我還有課……」羅美枝老師艱難地說。

「天哪，都什麼時候了？妳的課我們會幫妳處理，趕快去看醫生就對了！」同事們說。

在同事的堅持下，羅美枝老師連忙趕至林口長庚掛急診。

醫生說是顏面神經受損。

「不好意思，您還是退掛吧，顏面神經受損的狀況雖然可以透過服用類固醇改善，問題是您現在懷孕，也不能吃類固醇，還是等孩子生下來以後再做打算好了。」醫生告訴她。

顏面神經是第七對腦神經，主要掌管臉部表情和眼皮開合。顏面神經受損的原因多半是因為過度疲勞或壓力太大，常發生在經常熬夜的上班族身上，可能導致眼皮不能閉合、臉部肌肉癱瘓、口歪、味覺異常等症狀。

絕大多數的顏面神經失調都屬於良性疾病，早期使用類固醇可以有效降低顏面神經的發炎，恢復時間大約需要六到八周。不過，「適當休息與紓解壓力才是最有效的解決辦法。」

對於當時芳齡不到三十歲的羅美枝老師來說，這無疑是生命中沉痛的打擊，用了類固醇會傷害腹中胎兒，若不用類固醇，則前方等待她的是與麻痺的臉部神經朝夕共處、一條復健的漫漫長路。

為了鼓舞羅美枝老師，學生們改編蘇芮「奉獻」的歌詞，全班起立合唱，還捧了四束鮮花獻給老師。

「長路奉獻給遠方，玫瑰奉獻給愛情，我拿什麼奉獻給你？我的老師……」

羅美枝老師深受歌聲撼動，她想說些什麼，半張臉卻不聽使喚，而眼皮又抽動了起來。

直到嘴裡嚐到苦澀淚水的滋味，羅美枝老師才赫然發現自己早已泣不成聲，坐在教室裡的羅老師淚流滿面，學生看到她如此難過，忍不住陪著她一起哭。

這時羅美枝老師才清楚意識到，家人、同事、學生們根本不在意她長得好不好看，她就是她，無論十八歲還是八十歲，不管青春貌美還是雞皮鶴髮，愛她的人始終會陪伴在她身邊。

生病期間，羅美枝老師接收到很多溫暖與愛，這些力量堅定了她的信心，伴她走過最痛苦的歲月，讓她對生命抱持感謝，往後在恆毅服務的二十八年不曾間斷。

民國一百零七年，羅美枝老師的兒子—那個當初請陳神父揹去廁所的小男孩已經大學畢業了，楊濟銘老師的兒子們也分別考取大學。

同年，前後在校服務了三十一年的簡惠眉老師也即將退休，她的兩個兒子在恆毅中學的校園裡一路成長，一個於恆毅國中部畢業後外考板中，一個則決定直升，後來分別考取台北大學和中山大學，兩人都沒有讓媽媽操心過。

而從前那名乖巧董事的學生尤聰健，則成為簡惠眉老師的學生當中，第一個考上建中的典範。他每年都會回到母校探望老師，剛開始是自己一個人，然後是帶著太太、帶著孩子，好比回娘家一樣。

恆毅中學不斷陪伴孩子們成長茁壯，代代相傳且生生不息，這會兒，擔任辦公室「室長」的羅美枝老師肯定又在沖泡茶水，打算和同事們分享生活的喜悅呢。

安身立命的家園

眼前的男人臉上堆滿靦腆笑容，叨叨絮絮地訴說著今日的糗事。

「實在很尷尬，那位公車司機居然曾經是我的學生，到站的時候，就用廣播大聲提醒我『彭穎聖老師、彭穎聖老師，恆毅中學到站囉』！害我承認也不是，不承認也不是，剛好那站只有我一個人下車，所以大家都在看我。」

陳麗華老師聞言哈哈大笑，道：「學生很貼心哪，怕你坐過站。」

彭穎聖和陳麗華老師夫妻倆已經在校任職超過二十年，桃李滿天下，學生遍及各行各業，外出用餐會巧遇開餐廳的學生，看病會撞見當醫生的學生，碰到擔任公車司機的學生也是再正常不過了。

想來人生真是不可思議，就連陳麗華老師自己，也在恆毅校園裡結下姻緣。

民國八十一年，彭穎聖老師正拚命向陳麗華老師示好，然而年輕貌美的陳麗華老師當時追求者眾，心中其實不甚確定。

這個天天照三餐打電話來問候，表現得非常積極。那個懂得收買人心，嘴甜、懂事、會套交情，從自己父母到閨中密友全都被他打理得服服貼貼。

她持續觀望了好一陣子，希望從中找出最適合自己的、足以相伴一生的良人。若是和錯誤的人選交往，最後以分手收場，恐怕繞了一圈回到原點，白白消耗了許多青春年華。

某個夜晚，陳麗華老師突然福至心靈，決定試著向天主禱告，祈求上蒼給她一些暗示。

「主啊，請給我一個明確的聲音，讓我知道誰是我可以攜手共度一生的男人。」陳麗華老師跪在床前，雙手十指交握，以發自內心的真摯聲音對天主訴說自身的苦惱。

接下來連續三天，每天晚上的入睡前，她都以一模一樣的話語對天主進行祈禱。

三天後，奇蹟翩然降臨——

一位久未聯絡的老朋友忽然來電，絮絮叨叨了一陣子，接著話鋒一轉，說起自己有「特殊體質」的事情。

「麗華啊，不曉得為什麼，這幾天我一直想打電話給妳，有件事情，我覺得非得告訴妳不可！」朋友說。

「什麼啦？」陳麗華老師笑道。

隨後老友所說的話，竟和陳麗華老師近日來的祈禱不謀而合……

「我看得到前世今生，其實我前世是個要飯的小乞丐，註定要過清貧的生活，窩在街邊遭人白眼。」

「啊？這麼可憐？」

「別為我感到難過，那是我自身發願必須經歷的苦行，唯有熬過那段人生，修行才得以圓滿，而這輩子，則是我輪迴轉世的最後一世了。麗華，妳要為我感到開心才是。」

「這樣啊，」陳麗華老師在電話彼端點點頭，又問：「那你看到我的前世了嗎？我們是不是早就認識了？」

「沒錯，妳上輩子是個壞脾氣的郡主，對其他人都非常兇。」朋友說。

「這……」陳麗華老師苦笑。

「可是妳卻對身為小乞丐的我非常好！常常留飯菜給我吃，對我說話也非常溫柔，所以我必須報答妳的恩惠，妳瞧，這輩子我不就來到妳身邊了嗎？」朋友說。

兩人隨即聊起一些關於前世今生的故事，多半是朋友說，陳麗華老師聽，雖然無從考證，聽著也覺得相當稀奇有趣。

這時，陳麗華老師想起自己苦思許久卻不得而解的難題，心想既然朋友有通靈力，或許能為她帶來解答。

「對了，你還記不記得我的同事彭穎聖？」陳麗華老師問。

「當然記得，哈哈，他跟上輩子比起來，差了一點兒呢！」朋友大笑不已，告訴她：「我記得他上輩子非常斯文俊秀，說起話來也頭頭是道，這輩子怎麼變得木訥了呢？」

陳麗華老師心頭一凜，怯怯地問：「那我跟

杜天佐主任與陳麗華老師。

他……前世有關係嗎？」

「有啊，你們以前就在一起過，今生也應該在一起！」朋友說。

這通電話足足講了三個小時，收線之後，陳麗華老師飄泊的心意也終於安定下來。主啊，請給我一個明確的「聲音」，讓我知道誰是我可以攜手共度一生的男人……祈禱言猶在耳，她確信朋友的來電即是上蒼對她祈禱的回應。

四年後，陳麗華老師和彭穎聖老師結婚了，民國一百零七年，兩人已經結褵超過二十載，獨生女都唸大學了。

兩位老師至今仍於恆毅中學服務，感情也甜蜜如昔，彷彿冥冥之中，天主正看顧著他們，讓兩位老師在祂深深的祝福中成家立業、安身立命。

轎車行經新莊中正路，在恆毅中學校門口與公車錯身而過，接著往新樹路的方向駛去。車中有一對年輕的男女，兩人同為恆毅中學第四十八屆的校友。

「剛剛從公車上下車的是彭穎聖老師嗎？」張育甄拉扯駕駛座上男友的袖子。

「我沒注意看欸。」沈文呈回答。

「喔，好吧。」張育甄頷首。

這匆匆一瞥，便讓諸多回憶襲上心頭，尤其是方才經過的恆毅中學校門，更是見證了張育甄點頭同意交往的歷史性一刻。

民國九十五年，高一義班新生沈文呈和高一望班的張育甄在童軍團相遇相識了，兩人參加童軍團都是誤打誤撞的結果，只能說是緣份使然。

沈文呈是被曾在恆毅國中部就讀時的好友給拉進去的，張育甄則是去團本部找朋友時，在學姊的遊說下同意加入，他們倆事前都不清楚童軍團在做些什麼，也不知道每天放學留下來演練，竟是那麼操勞的苦差事。

繫繩結、打旗舞、練童軍蛇舞……實際參加之後，才發現童軍團要學的東西那麼多，加上學校習慣請童軍團在校慶或重要活動上進行表演，所以他們花在練習的時間上，硬是比其他社團多出很多。

除了表演以外，童軍團出公差的機會也相當頻繁。

一般人的刻板印象都認為童軍團成員體力好、服從性高且擅於野外求生，簡而言之就是耐操，因此，凡是需要勞動的時刻，童軍團當仁不讓，成為校方心目中的志工首選。

例如校慶越野賽跑，便是童軍團的團員們扛著礦泉水前往河堤布置補水站；爬觀音山的健走誓師活動，也是由童軍團協助勞務，男生們馱著沉重的設備攻頂，女生們則一人扛兩箱紅豆湯上山，艱辛的童軍訓練使然，儘管腰酸背痛、步履蹣跚，他們從不叫苦也不會喊累。

「認命吧，就是女生當男生用，男生當畜生用的意思啦！」學長姊訓斥。

升上高二之後，沈文呈和張育甄因為擔任社團幹部而有了更多交集，日復一日的相處之下，兩人的感情逐漸增溫。

張育甄是個不拘小節的女孩，個性大喇喇的，樂於付出且不喜歡斤斤計較。沈文呈則是個井井有條的人，愛乾淨、思慮周全，不太能忍受混亂。

也許是雙方的差異性造成了強烈的吸引力，高二的某天傍晚，童軍團結束練習後，兩人揹著書包並肩走向校門。

這時，沈文呈驀地停下腳步，脫口而出道：「在一起吧？」

「嗯，好啊。」張育甄嬌羞回答。於是兩人開始認真交往。

日子並不是一直都平穩順遂，起初社團的學長姊聽說之後，基於擔憂童軍團的名聲，便聲明了反對團員們戀愛的態度，也不斷對兩人施壓。

然而，身為對方的第一個交往對象，沈文呈和張育甄的意志力出奇地堅決，十二年過去了，兩個人仍然堅守這份感情，就連高中時期互傳的小紙條都還珍藏至今呢！

曾經沈文呈在東引當兵，張育甄便日日陪他聊電話，不想男友天天吃罐頭食品，張育甄還經常寄些沈文呈喜歡吃的太陽餅、鳳梨酥等乾糧包裹過去，聊慰男友想家的心情。

沈文呈也曾偷偷在放假時回到台灣，來到女友的家門口，給張育甄一個驚喜，令她忍不住感動落淚。

「欸，還記得我在恆毅校門口跟妳告白嗎？」車上，沈文呈轉頭問道。

「你有嗎？」張育甄斜睨男友一眼。

「噢，真傷心。」沈文呈拍拍胸口，佯裝受傷的模樣。

張育甄噗哧而笑，回答：「記得啦！記得啦！」，

隔著中間的排檔桿，兩人牽起彼此的手。

愛情長跑了十多年，沈文呈和張育甄已經年屆三十，從兩個很不相同的人慢慢改變磨合、互相包容，到一塊兒規劃共同的未來，討論房子要買在哪裡、將來要生幾個小孩。

他們倆都是土生土長的新莊人，將會繼續在新莊紮根成家、開枝散葉，說不定有朝一日，他們的孩子也會跟父母一樣，成為恆毅中學的學生呢！

老師的眼淚

一手拿著紅筆，一手揉著太陽穴，陳志忠老師望著攤開於桌面的考卷，忽地眼前一片模糊。那些破碎不全的算式彷彿在和他大眼瞪小眼，每個答案都有所殘缺，他覺得頭皮發麻，腦神經隱隱抽痛，要是再這麼繼續批改下去，不只眼淚會落下來，搞不好還會小中風。

「這到底是在寫什麼？我是這樣教的嗎？」他在心裡不住嘀咕。

民國八十二年，陳志忠老師回到母校恆毅中學，擔任國中部導師，頭一回教書、第一次改考卷，就讓他差點兒落下男兒淚。

儘管學生時期是高材生，陳志忠老師仍無法理解現在的小孩腦袋在想什麼，明明昨天才對學生說這十題要考，今天還是一堆人答不出來，有的亂寫，有的交白卷，他絕望地想著，自己到底是為誰辛苦為誰忙？昨天的課豈不白教了？

成為老師也是誤打誤撞的結果，當時他剛從軍中退伍，沒有多作他想，先是回到家裡幫忙種菜。說來也十分湊巧，由於大學時期唸的本科系是生物，剛好一位朋友打算離開恆毅中學的教職崗位，空出來的職缺，朋友便邀請他前來補上，促成了這個機緣。

陳志忠老師答應下來，認為既然要做就得好好做，才不致於辜負了朋友的請託和自己的母校。為了能接替前人的生物課和理化課，陳志忠老師又額外去中原大學補修「理化」的教育學分，持續一年的時間，每天六點半恆毅放學之後，他便驅車從新莊趕往中壢，趕著上中原大學七點十五的課。明眼人都看得出來，這行程安排的極為緊湊，簡直是不可能的任務。三十四點八公里的路程，一般來說開車需要四十六分鐘，陳志忠老師卻必須趕在四十五分鐘內抵達、停好車再走進教室，若是路程上多等一個紅燈，可能差之毫釐便失之千里，落得遲到下場。

猶記得第一天到中原大學報到，他在七點二十分左右衝到門廊上，發現教授已經開始上課了。基於禮節，他站在門外苦等下課鐘聲，心想不要打斷了教授講課，等到休息時間再進教室比較妥當。沒想到夜間課程根本沒有下課時間，陳志忠老師這麼一站就站到了晚上九點多，最後不只傻呼呼地被教授記了曠課，還在教授走出門口時苦哈哈地跟他道了聲再見，然後眼睜睜目送教授離開。

事後回想起來，連他自己都覺得好笑，他自己在大學時期也曾於課堂中走動，怎麼當了老師之後，就認為遲到進教室是大逆不道的行為？後來他就不曾再遲到過。

白天授課、夜晚上課的日子既充實又忙碌，年齡比他小上一截的同班同學們都曉得他是中學老師，所以常常在報告時死皮賴臉地把他推到最前面，教授提問時也特別喜歡點名他上前回答，緊鑼密鼓的訓練下，學習倒是格外紮實。

一年下來，他的理化成績在班上數一數二，開車技術更是突飛猛進。

不過，「自己會」和「教會別人」完全是兩碼子事，望著滿江紅的考卷，陳志忠老師暗自思忖：「考成這樣，繼續下去還得了？一定要想個法子收服這幫小鬼，讓他們愛上唸書才行。」

老師不是偵探，但是可以學習偵探如何思考。老師和學生之間存在著一種奇特的默契，學生喜歡某位老師，就會認真讀該位老師教的科目，相對而言，學生討厭某位老師，就很容易在他的科目上擺爛。

反推回來，要讓學生喜歡讀理化，先得讓他們喜歡理化老師──也就是陳志忠老師本人。

陳老師長年擔任國中部的班導師，和第一屆學生只有相差十二歲，他相信自己應該很容易和學生們打成一片。於是某個週末，陳志忠老師乾脆開來家裡的貨車，帶學生們到家中菜園拔菜。

這一招果然奏效，在接觸了老師私底下平易近人的一面、雙手沾滿泥土和菜葉碎屑後，國中男孩們的心也緊緊黏上了看似嚴肅卻別具獨特幽默風格的陳志忠老師，將他視為二十六歲、博學多聞的大哥哥，成績也跟著好了起來。

陳志忠老師總是將上下課的分際切割得很清楚，他希望學生們能在課餘時光享受生活的趣味，而私下溝通的時候，陳老師也很願意傾聽每個人的心聲。

曾經有一個極度熱愛車輛的孩子，對車子痴迷到連週記都以車輛性能為主題，洋洋灑灑一大篇，還一度在校門外發現一台時髦的名車，二話不說便拉著陳志忠老師，要老師陪他到路邊好好觀賞、研究那台車子。

還有一次，該生到辦公室找陳志忠老師，不小心瞄到高崇平老師的座位上放了整疊過期的汽車雜誌，只見他雙眼一亮，乾脆賴在辦公室裡不走了。

「好多汽車雜誌喔……」學生露出如夢似幻的神情。

陳志忠老師幾乎可以在他眼中看見滿滿的粉紅色愛心。「你想要嗎？」

「嗯！」學生用力點頭。

「好啦，我幫你問問高老師，看能不能給你幾本。」陳志忠老師允諾。

「謝謝老師！」學生這才依依不捨地踏出辦公室的門檻。

事後，陳志忠老師說到做到，依約向高崇平老師開口討雜誌，高老師也非常慷慨，把過期汽車雜誌全數轉送給那位學生。

想當然耳，學生喜孜孜地抱回整疊雜誌，一本都沒有遺落。

雖然對汽車有著難以言喻的執著和喜好，學生本身性格乖巧低調，考試成績也優秀，是個不太會讓人操心的孩子。平常考八科的滿分是八百分，他可以拿下七百九十二分，可惜北聯沒有考好，最後選擇就讀大同高中。

結果他上了高中以後，依然維持用功向學的好習慣，大學學測考了滿級分，打破大同高中創校記錄，讓恆毅母校的陳志忠老師也相當引以為傲。

一樣米養百樣人，當然，在五味雜陳的教學生涯當中，陳志忠老師也遇過讓他傷心透頂的學生。曾有一個孩子，無論陳老師如何好說歹說，他通通軟硬不吃，甚至對陳志忠老師挑明了講：「你不要管我，反正我長大以後就是要當流氓！」

扣掉極為罕見的案例，大部分學生還是讓陳志忠老師樂於付出，直到民國一百零七年，綜觀他在恆毅教書的二十五年之間，除了兩次家人急診以外，陳志忠老師從來沒有因個人理由請過假。

他自認為可說是傾盡全力，將自己絕大多數的時間奉獻給學生，無償從白天陪到晚上，努力塑造嚴管勤教的氣氛，那股熱忱好比那位執迷於車輛的學生。

畢竟，一旦論及班務，陳志忠老師的規矩可是絕對地繁瑣且嚴苛。

新學期的第一天，第一次整隊升旗，其他班級的隊伍都參差不齊，只有陳志忠老師班上的學生整齊劃一。

隔壁班老師忍不住好奇問道：「陳老師，才剛開學，你們班怎麼就排得那麼整齊？」

「喔，因為我在教室裡放了一把尺，每個同學下課都先來量身高，然後記錄下來，再用Excel排序，你看，這樣站出來乾乾淨淨，就不會東倒西歪啦。」陳志忠老師邊回答邊從皮夾裡掏出一張小紙片，上頭印的正是排序過後的隊形。

「哇，好獨特，從來沒見過有人這麼做。」隔壁老師面露欽佩神色。

「站端正，線切齊！」陳老師厲聲提醒學生。接著，他又向隔壁班老師解釋：「我的要求就是，眼睛看過去的地方不准有任何雜碎。」

「這樣啊。」隔壁老師點點頭。

陳志忠老師以有條不紊的行事風格帶班，可說是力行「嚴師出高徒」的準則。只不過，偶爾陳老師也會懷疑自己是不是管得過於繁瑣？

曾經有一回，他在自強活動中和李遵信老師分配到同一個寢室，夜闌人靜時，他向昔日恩師問道：「老師，你覺得別人會怎麼看我？會不會覺得我很奇怪？」

「每個人都有自己的特質，這沒什麼。」李遵信老師回答。

「謝謝你，老師。」陳志忠老師這才放下心來。

無獨有偶的是，羅美枝老師也面臨過類似的窘境。

明明已經告訴學生默寫課文的範圍，老師自認為的送分題卻沒能讓學生奪得高分，收回來的考卷要嘛就是筆誤，要嘛就是空白。

羅老師自認為個性急、求好心切，難免對學生比較嚴厲。她相信嚴師出高徒，成天被備課、上課、改考卷和批作文等工作充滿的羅美枝老師氣到把教鞭一扔，大罵道：「我不想打你們了，你們乾脆自己打自己吧！」

結果有個自我要求很高的女孩真的拾起棍子，用力打了自己好幾下，讓羅美枝老師嚇了一大跳，卻不得不強裝鎮定地制止學生：「好了，可以了。」

對於生活習慣，羅美枝老師的要求也相當嚴苛，她的班規是座位之間的走道必須清空，不能放東西阻礙交通，上課也絕對不能睡覺或是講話，否則就會被罰站或罰抄課文。

羅老師的獨門處罰是「搭拱橋」，也就是保持「伏地挺身」的「挺身」，然後僵住好幾秒不動。

「搭拱橋」看似簡單，其實相當考驗肌耐力，平時不太愛運動的學生馬上就會四肢發抖，以哭腔向羅美枝老師討饒。

但她總會板起臉孔，說道：「等到下面累積的汗水夠多，就可以停止了。」

曾有一班學生非常頑皮，去總務處登記領兩個板擦，實際上卻摸來一堆，硬生生塞滿了黑板前的整道溝槽。

總務處向羅美枝老師反應此事，羅老師一聽大驚失色，她生平最重視學生品性，當然無法容忍此等膽大包天的行徑。

「是因為某某老師曾說，希望走到哪邊都有板擦，這樣比較方便啊。」學生無辜地說。

「登記的數量和實際拿的不成比例，這就是偷竊，論校規要以記過處分！」羅美枝老師厲聲道。

這件事情鬧得滿城風雨，後來，其中有位在鐵路警察局任職的學生家長甚至氣得反過來要寄存證信函。

這屆學生著實讓羅老師感到揪心，某個段考結束的下午，物理老師遲遲沒有出現，所以教室裡非常

陳志忠老師再見昔日恩師，歡喜寫在臉上。

吵鬧。

辦公室就在隔壁的羅美枝老師聽到自己班上一片鬧烘烘的，於是很「雞婆」地衝進教室管秩序，一邊交代物理小老師一項尋人任務，也就是去把物理老師給找回來。

班上不守規矩已經讓羅美枝老師相當火大了，物理小老師一去就超過二十分鐘，更是讓羅老師愈等愈生氣。她想，眼見大考在即，學生們也不好好唸書、自主管理，一逮到機會就調皮搗蛋，這樣下去來得了？

這時，物理小老師慢吞吞地走回教室，該節任課老師依然不見人影。

羅美枝老師見狀立刻怒火攻心，隨即破口大罵道：「去那麼久，你是不是想偷懶？都要考試了還這麼混！」

語畢，羅老師氣沖沖地拂袖而去，沒想到回到辦公室後，隔著一道牆竟聽見物理小老師猛搥黑板發洩怒火的聲音。

這下可好，羅美枝老師再度氣急敗壞地衝回教室，把物理小老師叫到走廊上痛罵，該學生覺得不服氣，立刻頂撞回嘴。

羅美枝老師錯愕地望著物理小老師，她沒料到自己言之諄諄，學生卻絲毫沒有接收到其中的用心良苦。

「真是雞婆換來一身腥哪！」霎時間，羅美枝老師放聲大哭。

同個辦公室的另名老師火速趕來馳援，他前一年教過這個班級，多少有點感情，所以順利排解了師生之間的糾紛，也讓學生向羅老師道了歉。

這批學生讓羅美枝老師格外操心，但是，羅老師對他們付出的愛心也從來沒有少過，這份感情強烈而且直接。考前的自習時間，羅老師常會買蛋塔或麵包給學生當下午茶，學生們也許認為老師「機車」，卻還是會壯著膽子喊她「枝仔冰」、「花枝丸」等綽號。

畢業前夕，有同學暱稱羅美枝老師「母啊」，還宣稱要孝順老師一輩子。

那名和羅老師對罵的物理小老師後來請她幫忙寫推薦函，多年後和班對女友結婚了，也特別邀請羅美枝老師前去沾沾喜氣。

回想兩人的學生時期，女方還曾因為穿著男方的外套且屢勸不聽，而被老師記過一支警告呢！羅美枝老師和這個班級的恩怨情仇，還真是五味雜陳、高潮迭起啊！

不過，羅美枝老師從來不曾因自己的執著而後悔過。

她曾有個學生，國中畢業後考上了北一女，某天發現老師批改時漏了一題，自己寫錯的地方沒有被扣到分，於是把考卷拿回去跟老師報告，卻惹來老師白眼：「唷，那麼誠實啊？」班上同學也偷偷笑她笨。

事後學生無奈地問羅美枝老師：「大家都嘲笑我，難道我做錯了嗎？」

「妳沒有錯，妳的品德讓老師感到很驕傲！」羅美枝老師這樣告訴她的學生。

在羅美枝老師眼裡，相處的點點滴滴全都彌足珍貴，學生們雖然常讓她紅了眼眶，卻也總能讓她笑得開懷。

有一次，外頭正在刮風下雨，忽然間一陣響雷劈下，讓羅美枝老師嚇得從講桌邊跳了起來。

「哇，老師跳好高唷。」

「再表演一次！」

學生們笑嘻嘻地起鬨，羅美枝老師則翻了個白眼，回道：「欠揍啊？」

她轉過身，瞥見其中一名同學以驚恐的目光望著教室外的閃電，於是張開雙臂，開玩笑道：「怕怕嗎？來抱抱。」

只見學生緩緩回過神來，搖頭拒絕：「不了，更怕。」

還有一次，學生們幫羅美枝老師慶生，卻頑皮到把酒精倒入白鐵便當盒中點火，並不斷慫恿老師吹滅，讓羅老師吹得滿身大汗，覺得好氣又好笑。

另一個學生則說要表演跆拳道給老師看，結果蹬腳一踢，制服的西裝褲應聲裂開，羅美枝老師只好讓他暫時躲在廁所裡，然後自己坐在講台上縫褲子，等到補完裂縫再請同學拿去廁所給他穿。

時至今日，總會有畢業生趁著寒暑假回到母校，探望羅美枝老師，羅老師甜在心裡，嘴上卻會搞笑地說：「怎麼教師節不回來，清明節才回來？」

一位去日本攻讀化工博士的學生，經常利用通訊軟體與羅美枝老師聯繫，順便調侃老師：「什麼時候請我吃花枝丸？」

羅美枝老師常說，她在師大修教育學分時，曾聽過一句話，並將之謹記在心：「一個建築師的錯誤可以拆掉，一個醫生的錯誤可以埋掉，可是一個老師的錯誤卻天天在長大。」

正是這份理念，讓羅美枝老師、陳志忠老師以及其他許許多多的恆毅老師們堅定步伐，不畏艱難，朝著目標不斷前進。

也因為老師彼此之間相互扶持，營造出良好的同儕關係和安定的氣氛，才得以在恆毅校園裡教書、結婚生子直到年華老去，儘管面對學生時而愉快、時而挫折，但總能擦乾委屈的淚水，換上堅強的笑容，抹去任何一個放棄的念頭。

眾多已退休的、調校的、還在任內的老師們向劉嘉祥神父獻上生日祝福，好感情不被歲月沖淡。

聖誕節快樂

教室裡一片靜謐，只聽得見書本翻頁的唰唰聲和筆尖接觸紙張時所發出的刮擦聲。這些幽杳微弱的聲音相互拍擊，彷若意識和知識交融共舞時的伴奏。

位於若石樓的高三義班全班同學正在埋首苦讀，世界縮小到只有一方桌面，每個人都全神貫注於正前方攤開的書頁，好比入定的苦行僧侶。時序入冬，距離學測只剩下幾個月，再也沒有什麼事比唸書更加重要，就算外星人降落地球，他們也不會多看一眼。

「喔喔喔！」忽然間掀起的喧嘩聲自隔壁智班傳來。莫非真的有外星人登陸？

「幹嘛？」有人嚇了一跳。

「地震嗎？」另一個人抬頭瞪視電燈。「沒有在晃啊？」

高三義班同學們面面相覷，對於向來自制力良好的高三智班破天荒地起鬨吵鬧感到大惑不解。隔著一堵牆，聽不清楚隔壁班在玩什麼把戲，只有間歇的噪音宛如涓涓細流，從牆縫隱約溢出。

「專心讀自己的書。」溫旺盛老師的聲音如同當頭棒喝。

義班同學們再次低下頭來，收回渙散的注意力，將滿腹狐疑拋到一邊去。大考在即，他們的心智必須堅固有如銅牆鐵壁，絕不能被一時的好奇心迷得暈頭轉向，人人都這樣告誡自己。

然而，五分鐘後，信誓旦旦的戒律馬上就破功了！

彷若有隻扭轉音量的大手，隔壁班的嘈雜聲漸漸趨於微弱，就在大家覺得騷動已經安然渡過的同時，高三義班教室門突然被人迅速推開——

「啊……」同學們驚愕地張大嘴。

「聖！誕！快！樂！」

一支由陳海鵬校長和各處室主任組成的報佳音隊伍倏地現身，陳海鵬校長揹著小翅膀，頭戴聖誕帽，懷裡還捧著一把吉他，與平日西裝革履的模樣南轅北轍；其他主任們也穿著討喜應景的鮮紅色，一行人不慌不忙唱起了聖誕歌。

義班同學們看到這一幕，簡直快要笑翻了。

「Dashing through the snow, in a one horse open sleigh, over the fields we go, laughing all the way……」

陳海鵬校長搖擺著身軀，小翅膀跟著晃啊晃，指頭則在吉他弦間變換莫測。校長和主任們報起佳音有模有樣，可不是荒腔走板的半調子。

義班同學們紛紛放下手中紙筆，跟著拍子鼓起掌來。即便親和力十足的校長總是笑臉迎人，但是看到他本人提著吉他高聲歌唱可是頭一遭呢。

恆毅師生們完全融入歌聲之中，方才讀書的疲憊一掃而空，在這短暫的暇餘片刻，他們只想把這首歌唱好，用心感受溫馨的耶誕氣息，化剎那為永恆……

其實，在宗教氛圍濃厚的恆毅中學裡，學生們肯定對復活節、聖誕節等天主教節慶和聖經故事不陌生。早年在范文忠神父任職校長階段，每天中午一小時的午休時間，學生們可以選擇在教室午睡，或是參加學校的「教理課」。簡單來說，教理課就是請教會修士講述聖經故事。

陳海鵬校長和各處室主任們一起向老師學生們報佳音，拉近彼此的距離。

有些學生為了逃避午睡而來，然而更多人是因為覺得好玩，聽故事稱得上是一整天嚴肅正經的科目中，最活潑有趣的一節課。這些學生愈聽愈感興趣，耳濡目染之下，不少人日後更受洗成為天主教徒。

當劉嘉祥神父二度成為恆毅中學的校長時，則帶入了許多改變的作風。劉神父積極地增建與天主教有關的飾物造景，例如操場旁的白色空心十字架，設計稿便是源於相當具有創意和巧思的劉神父本人。「裡面空的地方可以一個人坐在裡頭，或是站在裡面不也挺好的？」劉神父笑稱。

校園中的塑像一共有七座，圍繞操場的則有四座，猶如中文「亞」字的十字塑像矗立於校園的東北角，是人類得到救贖的記號。「耶穌升天像」則位於操場的西北角，耶穌升天為人類升天的先聲。耶穌的對角是東南方的「慈暉」，提醒人們孝順父母、知恩圖報。而西南方的則為「成長」，則意味著每個人每天應盡的責任。四座塑像環繞操場四周，日日提示所有恆毅人奮發圖強，努力完成人類的天賦使命。

位於大門中庭的「露德聖母」和東院聖母池的「法蒂瑪聖母」則是校園內的賞心悅目的慈藹聖母像。露德聖母於一九一七年在法國露德顯現後，即不斷在世界各地以奇蹟式的方式治癒人們的疾病，並且助人解決各種困境。學校將露德聖母像立於中庭，意指祈求露德聖母庇佑所有師生與行人平安健康，也希望遭遇困難的人能前往祈求以獲靈驗。

至於法蒂瑪聖母，是一八五八年顯現於葡萄牙法蒂瑪，祂也是治病與顯靈的聖母。東院法蒂瑪聖母不是立於水池中央，而是站在對岸上，彷彿在向所有恆毅人招呼，邀請大家努力往目標邁進，順利游上幸福的彼岸。

第七座聖像，則是聖堂頂端的耶穌像。乳白色的耶穌像敞開雙臂，彷彿擁抱著整個恆毅校園的師生。

此外，同樣也是劉嘉祥神父的主意，恆毅中學開始舉辦聖誕節彌撒活動，後來更成為別具特色的學校習俗。

在陳永怡神父的校長時期，生命教育中心的許惠芳老師成立了「少青會」，利用每週二的中午午休，提供願意更加了解教會的學生們一個管道接近天主。

「若你想認識跟天主教有關係的事務，非常歡迎你來參加。」許惠芳老師發下意願調查表，告訴任課班級的學生們。

迴響異常熱烈，最後許老師篩選報名，挑出二十個她認為真正有意願的學生。少青會有時候是上課，老師會講解修士、神父、修女在身分上有何不同；有時候會說故事，例如聖誕節前夕說的是耶穌誕生故事，復活節前後則聊聊耶穌的苦難與死亡；有時他們會看影片，像是介紹某位修士的一生，或是某個教會辦的社會機構，進行了哪些社會工作。

這便是「撒種」。恆毅中學的生命教育中心不替未成年學生受洗，但卻在學生心中撒下種子，等到適合的那一天，有了沃土，有了養分，真理自然會向下紮根、向上萌芽。

慶祝聖誕節的由來已久，報佳音活動一度是恆毅幼稚園的重頭戲，幼稚園小朋友們在老師的帶領下粉墨登場，向國中部、高中部的大哥哥大姊姊們獻上耶誕祝福。

每每看到一群精心打扮的小不點兒走上講台，即便是上課突然中斷，恆毅師生們也非常歡迎這難能可貴的餘興節目。儘管稚嫩的歌聲可能走音，大哥哥、大姊姊們也都非常願意報以熱烈掌聲，鼓勵這些可愛的小朋友。

據說，陳永怡神父還曾以保麗龍碗遮住兩點，露出肚臍，扮成搞笑版的聖誕老公公自娛娛人呢。

每年十二月，恆毅校園中便瀰漫著濃厚的佳節氣息，耶誕佈置也隨處可見，不能免俗的，許多辦公室

恆毅幼兒園的可愛小朋友們前來報佳音，稚嫩歌聲讓中學生們的心都融化了。

外的窗子都貼上了雪人、花環和聖誕老公公駕著馴鹿雪橇的貼紙，Q版的紅鼻子魯道夫露出大大的微笑。

就連行道樹上也高高掛起彩色的聖誕燈，讓人想起堆滿禮物、環繞彩帶的聖誕樹。據說樹頂的星星表示基督的榮光與帶領東方博士到基督降生地的星星，金色彩帶表示榮耀，銀白色彩帶代表聖潔，而紅色彩帶則意味著基督為人所流的血。

當然，深具宗教意義的馬槽更是萬萬不能少。聖母瑪利亞一臉慈愛，擁抱著初生嬰兒耶穌基督，任何一位學生從旁經過，都會忍不住朝那寧靜祥和的美好畫面多看兩眼。

「聖誕快樂！」歌聲漸歇，陳海鵬校長向義班學生們揮揮手。

「聖誕快樂！」學生們依依不捨地目送報佳音團隊離開，卻覺得他們的歌聲彷若餘音繞樑，仍在耳畔低迴不已。

溫旺盛老師見狀，只好耳提面命道：「好啦，各位，可以收心啦！」

同學們這才認分地將視線挪回書頁，任聖誕歌曲的餘音自腦海中淡去。

「哇！喔喔！」現在，那份熱烈重新在隔壁勇班爆發……

造成轟動的報佳音團隊一班唱過一班，所到之處無不造成熱烈迴響，報佳音形成的漣漪效應朝四處蔓延，在校園裡激起無數振奮的小水花。

聖誕節總是給人一種幸福、愉悅的感受，看到向來保守的校園裡張燈結彩，繽紛閃亮的掛飾和充滿寓意的點綴俯拾即是，學生們的步履也跟著輕巧起來了呢！

「唉，什麼時候才能去看表演啊？」

「快了啦。」

對恆毅學子而言，聖誕佳節裡最期盼的，莫過於點燈儀式了。

由生命教育中心策劃的點燈儀式等一系列活動會從傍晚展開，由吉他社、歌研社、家長會等單位準備表演節目，在司令台上勁歌熱舞，為華麗的夜晚揭開序幕。

當炙熱的陽光從仁愛樓、信義樓一路經過操場，走向和平樓與若石樓時，就代表一天又即將過去。

學生們難掩興奮，下課後立刻衝往操場草皮，打算佔個視野絕佳的位置，方能好好欣賞表演。

「來，這裡有位置。」同學們三五成群，彼此招呼著。

「哇，台上那個，不是誰誰誰的媽媽嗎？」有人說。

「是耶，原來阿姨那麼會跳舞！」另一人回答。

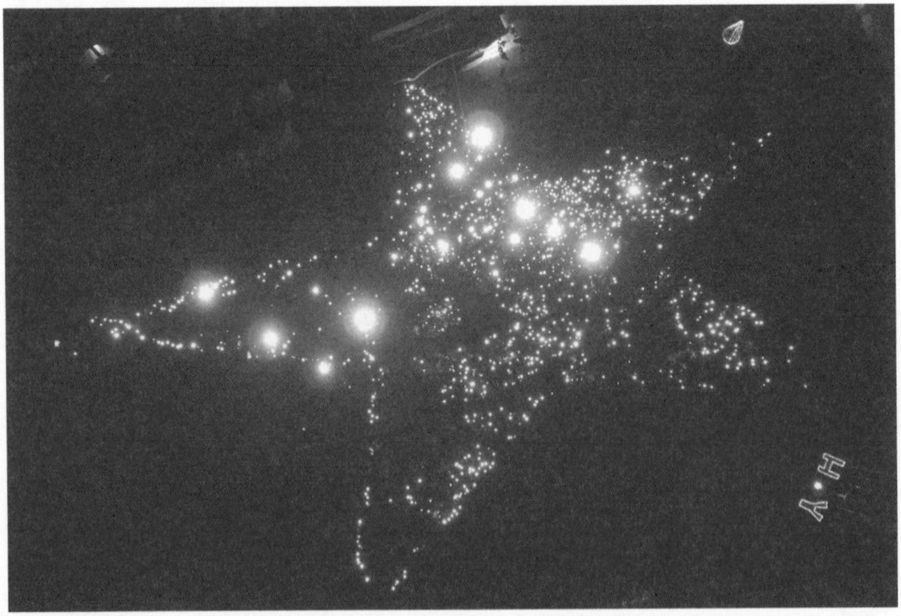

空拍點燈儀式。

許多家長會成員本身都大有來頭，既然有心讓子女接受最好的教育，父母自己也是水準極高的知識分子，家長會中，不乏企業主、律師、醫生、校長或各行各業的佼佼者。

現在，家長會的爸爸媽媽們扭腰擺臀，為了拿出足以媲美專業的表現，可說是卯足了全力，這也算是另類的彩衣娛「親」，只不過娛樂的對象不是父母，而是兒子女兒。

向心力和願意付出的態度是凝聚家長會的主因，其實不過就是前幾天，家長會與學校老師們才於活動中心舉行了「聖誕愛宴」。

宴會採流水席方式進行，席間有親子運動會、有摸彩活動，還有歌舞表演，人人都必須以「聖誕節」為Dress Code，張奇英會長頭戴鹿角、身穿黃褐色帽T，塗紅了鼻子扮成可愛的馴鹿，陳海鵬校長還特別穿上紅衣紅褲紅帽與聖誕帽，肚子裡塞東西，打扮成聖誕老公公呢。

即便是沒有特地裝扮的來賓，現場也另外提

張奇英會長與家長會委員們於聖誕愛宴上粉墨登場。

供人體彩繪服務，幫大家在臉頰畫上星星、聖誕樹之類的圖案，讓家長會成員與老師們親師同樂。摸彩獎品也準備了自行車、按摩枕、電子鍋、循環扇、電烤箱、液晶電視等獎項，大餐加上禮物，有吃有喝又有拿，簡直和歐美國家與親朋好友共渡聖誕佳節沒什麼兩樣。

「喔，換吉他社表演了！」同學們說。

吉他社是一個社員維持在三十人上下的大型社團，在校園裡非常活躍，各項校際大小表演中，都能看見他們的身影。

至今已經第九屆的吉他社有時會在校外舉辦表演，或是和其他學校的吉他社舉行聯展，社團組織健全完善，幹部也相當認真，每回舉行活動，從事前規劃、佈置場地到宣傳海報，每個細節都有模有樣。

最重要的是，吉他社的表演是真的有兩把刷子，舞台上的社員們賣力演出，曲目一首接著一首，可以是民歌，也可以是搖滾，他們不只琴藝好，歌藝也很不錯，當每首曲子的最後一個節拍落下，尾音消逝在空氣裡，無不引起台下聽眾的熱烈掌聲。

「輪到歌研社了。」

「我覺得中間那個長頭髮的女生不錯。」

「才怪，右邊那個短頭髮的才可愛咧！」

歌研社，全名是「歌唱詞曲研習社」。當歌研社的同學們站上舞台，即便身上仍穿著恆毅制服，卻彷若被一圈耀眼的光環圍繞，散發著強烈奪目的風采，就是和普通學生們不一樣。所以，台下觀眾們常會難以自拔地竊竊私語，對台上的表演者品頭論足。

接下來的熱音社也是搶盡鋒頭的社團，博得的喝采與歌研社、吉他社不相上下。

和好友們一起看表演的感覺很棒，操場頓時化身為小巨蛋，司令台則變成演唱會舞台，學生們舉起雙手跟著搖擺，剎那間，彷彿真的站在演唱會的搖滾區中，跟著大家一起嗨。

隨著夕陽餘暉漸漸消失在若石樓後方，天空蒙上一層漆黑的暮色，在神父的帶領下，全校師生們進行了聖誕的祝福儀式，緊接著，整個校園同時熄燈，眨眼間陷入伸手不見五指的黑暗。

過去幾十年以來，點燈儀式都是將彩色聖誕燈纏繞在十字架和聖像上，在倒數後燃起塑像上的七彩光芒。

不過，自民國一百零五年起，恆毅中學首度嘗試請同學們在操場中央排列成星形，以手機或手電筒的燈光取代傳統的ＬＥＤ燈，親自點亮燈光，學生們更有感覺。

「十、九、八……」全校師生們齊聲吶喊：「……六、五、四……」欣喜的戰慄自緊握手機的指尖傳來，驀地衝向心頭。

「……二、一！」

頃刻間，所有人有志一同開啟了燈光，兩千多名師生們在空曠的操場上排出明亮的星星，猶如耶穌降生時的伯利恆之星。

伴隨轟隆隆的聲音，空拍機從星星中央升起，捕捉這壯觀一剎那。

難以名狀的感動形成強烈的衝擊，大家都沉浸在神聖莊嚴的情緒裡說不出話，有人甚至以手指拭去眼角欣喜的淚。那是一種無聲的默契，代表著團結一心。

就在這一刻，兩千多人合而為一，恆毅中學的師生們將讚頌生命的祝福匯流成河，幻化為明亮的星形光束，從地面拋向天際。

資訊爆炸的年代

手機，讓人又愛又恨的新時代產品，曾經讓老師在課堂上落淚，也曾經博得滿堂喝采。

這年徐文彩老師擔任高二真班的導師，她從二年級開始接手，初期就遇到重重阻礙。不曉得為什麼，這班同學的配合意願特別低落，無論男女都將老師視為敵人，他們答話時帶有肅殺之氣，眼神中只有冷酷無情，舉手投足之間，總是飄散著張牙舞爪的敵意。

徐文彩老師壓根不明白哪裡得罪了這幫小朋友？

縱使已經搬出多年來的帶班經驗，徐文彩老師課也好好教了、人生經驗談也分享了、連笑話都快說光了，仍舊無法收服這班的孩子們。師生間彷彿有條隱形的界線，讓雙方壁壘分明，而學生們則固守著某種乖張的默契，堅持與徐老師保持冷漠的距離感。

開學的幾個星期後，某天夜晚，一位學生家長發現孩子手機裡真班群組的聊天記錄，於是轉發給徐文彩老師，這才終於真相大白—

「高一的某某老師真是討厭死了！」

「對啊，幸好不用再繼續給他教了。」

「老天有眼，革命終於成功。」

「我們一定要延續跟某某老師對抗的美好經驗，繼續加油！」

「徐文彩老師呢？」

「一樣啦，老師都很討厭。」

「她好像很想接近我們耶？」

「誰理她啊！」

讀到這裡，徐文彩老師整個人僵立原地，彷若冰封。

她覺得自己真是太冤了！真班同學們和高一老師處不好，因為過往的失敗經驗，讓他們決定從此和「老師」這個角色唱反調，而徐文彩老師則莫名其妙成為了這場抗爭的犧牲品。

回想起過去幾星期來，徐文彩老師對學生們掏心掏肺，竟是拿熱臉去貼人家的冷屁股，而且還是個莫須有的罪名，這讓她非常受傷。

徐文彩老師深深吸入一口氣，調勻自己的呼吸後好好整理心情，被排斥的感覺很不好受，但是她不會坐視不管，得過且過可不是她的作風。

隔天早上，徐文彩老師把那段手機裡的對話列印出來，決心和學生攤牌。

走進教室時她一反常態，臉上掛著壯士斷腕的悲悽神情，敏銳的同學們立刻察覺不對勁，隨即跟著安靜下來。

徐文彩老師一語不發踏上講台，把那張列印下來的紙張貼在黑板上，台下有人臉紅了，有人低下頭去，凝重的氣氛好比一張魚網，將整間教室裡的所有人一網打盡。

「我是很誠心的對待你們，你們怎麼把我視為敵人？」她傷心地問。每個字嚐在嘴裡，都像是毒藥般麻木且苦澀。

兩行清淚緩緩淌下，徐文彩老師回想起這些時日的付出，沉重的無力感好比手鐐腳銬，再次令她動彈不得。

她只能拋開那些負面想法，停頓半晌，讓自己打起精神，然後向全班同學進行了一番痛徹心扉的告白。台下學生們沉默地聽著，沒有辯解也沒有反駁，也許覺得老師確實有幾分道理。

總之，這次的事件以後，高二真慢慢接受了徐文彩老師和她的帶班方式，師生間取得平衡，日子過得愈來愈順遂。

到了高三那年，真班和老師之間的相處已經和樂融融了，他們以歡笑取代冷漠的凝視，培養出真摯的情誼。

徐文彩老師生日那天，更發生了一段讓她永難忘懷的小插曲……

那天，幾名學生急急忙忙衝進老師辦公室，氣喘吁吁地對徐文彩老師嚷道：「老師老師，那個某某同學昏倒了！」

「什麼？」徐文彩老師驀地起身，辦公椅往後方一倒。

那個『某某同學』的身體是出了名的差，聽到他昏倒的消息，徐文彩老師腦海裡的警鐘立刻響個不停。

「在教室嗎？快帶我去！」徐老師三步併作兩步，急急地往門口衝。

「等一下！」學生們攔下她，二話不說就一個人扛手、一個人扛腳，把徐文彩老師騰空抬了起來。

「你們幹嘛啦？」徐文彩老師掙扎。

「不要亂動啦，等一下掉下去不管唷。」抬腳的人說。

「唉唷，老師妳好重……」扛頭的人用力吸氣，把徐老師往上一頂。

碰的一聲，老師撞上門框，撞得她七暈八素，有苦說不出。

真班學生們把徐文彩老師一路扛回教室，接著高聲唱起了生日快樂歌。搞了半天，根本沒有人暈倒，原來這是一場精心策劃的惡作劇，目的是為老師慶生。

「老師，生日快樂！」學生們大喊。

「謝謝。」徐文彩老師揉著腦袋回答。

雖然頭很痛，雖然精神飽受驚嚇，但徐文彩老師臉上卻堆滿幸福的苦笑，不，是微笑。

辦公室裡，一群老師聚在一塊兒，徐文彩老師說著自己的故事，又提及智慧型手機普及以後，還帶來了另外一種困擾……

老師不再是唯一的知識取得管道，爸媽、補習班和網路都是來源，有時候，老師在台上講課，學生質疑老師的教學，馬上在台下偷偷用手機查資料。對授課老師而言，必須同時具備良好的EQ，並謹守校規分際，誇讚學生的求知慾，

勤管嚴教的氛圍一直是恆毅聞名遐邇的宗旨。

也提醒學生上課不得使用手機。

「智慧型手機的流行，確實會讓老師覺得有些hold不住。」高崇平點點頭。

「這是個資訊爆炸的年代，學生容易取得各類資訊，聲張自己的想法，卻不見得知道資訊的對錯。」楊濟銘老師表示：「最怕的是現在有些學生已經不懂得尊師重道了，認為人生而平等。」

「我自己是希望下課後能和學生開開玩笑，像朋友一樣很麻吉啦！不過，以前的學生覺得你跟他處得好，他就會給面子，願意聽課或是寫作業。現在的學生自我意識很重，笑話聽歸聽，上課還是不理你，罵他還有可能翻臉，所以現在比較累。」高崇平老師語重心長地說道。

人群中冒出了一個聲音：「就連我們最經驗老到的江秋月老師也曾經碰過類似的問題呢，江秋月老師有一次請不乖的學生站到教室後面聽課，學生竟然問『老師，妳這樣算不算體罰』江老師則回答『不是啊，我站著上課，你也站著上課，怎麼算體罰呢』後來學生才說『喔，也是』！」

「幸好江老師反應快。」

林鑫政老師接著說道：「其實，也是有善用網路資源的學生啦！之前我們勇班有個成績不錯的小孩，爸媽在桃園開自助餐店，很少回新莊過夜，幾乎只有週末才會回家，所以，那孩子都自己料理三餐和家務，非常獨立，可以說是高中三年都是自己過生活的。」

「最厲害的是，他靠著自己單打獨鬥，不只從勇班調到智班，畢業後還考上海洋大學機械工程學系，我曾經請他上台分享讀書方法，他卻說『其實我也是笨笨的，有時候老師教的我聽不懂，但我回家會搜尋youtube，看看別人怎麼講解類似的題目』哇，那時候我還是第一次聽到這種讀書方式，覺得那孩子好會找資源呢！」

這時，簡惠眉老師也分享了自身經驗：「我覺得讓學生喜歡上英文課是很重要的事！有時我會給學生看一些外國人youtuber對台灣的看法，或是時下最熱門的『阿滴英文』，所以，學生只要一看到我帶電腦進教室，就知道今天有特別教材了，都會顯得很興奮。」

此番看法獲得了諸多老師們的同意，隨著時代日新月異，在課程中納入五花八門的教材，好比桌遊、網路媒材等，是許多恆毅中學老師的創新作法。

上課鐘聲響起了。最後，徐文彩老師替熱烈討論做出總結。

「現在的小孩聰明且反應快，我相信術業有專攻，如果是網路科技的運用，我會向學生虛心求教，因為明白人非萬能，學生通常也會諒解老師的偶爾失誤。但是我也期勉自己將『每個點的知識』變成『系統性的知道』，這樣師生之間方能平衡。」

收拾好上課要用的物品以後，老師們自原地解散，紛紛走往自己的日課班級，努力傳道、授業、解惑，繼續自己未竟的志業。

隨著時代變遷，學校的課程活動也趨於自由多元。

正義

天助自助者

這波寒流來得特別早，氣溫不斷往下滑，彷彿昨天還是秋日颯爽的十幾度，今天就翻開新的扉頁來到冬季，溫度直逼十度以下。

嚴寒讓恆毅學子們無不束緊了領口衣袖，避免冷風有機可乘，侵蝕少年單薄的身形，擄掠拿來專注向學的熱情與體溫。

然而，無孔不入的涼意總是有辦法從門縫、窗扉鑽進教室裡，逼得人瑟瑟發抖，連剛蒸好的熱騰騰的便當，似乎也都在轉眼間冷卻了。

時值民國七十五年上下，這會兒，江秋月老師繞著教室步行，一一關心學生們的用餐狀況。

「慢慢吃，不要狼吞虎嚥。」江秋月老師柔聲叮嚀。

十多歲的男孩子吃起飯來好比打仗，稀哩呼嚕的囫圇吞嚥，有人還邊吃飯邊說話，一頓飯下來米粒口水齊飛。

「細嚼慢嚥才不會消化不良喔！」江秋月老師再次提醒。

恆毅學生在學校的時間比在家裡的時間還要長，江老師自認為有責任照料他們的生活起居，對她來說，這些男孩兒們好比自己的弟弟，課業和健康同樣重要，得靠老師幫忙把關才行。

她繞行教室一圈後，改由另一條走道折返，走了一半，卻被其中一位學生冷清的桌面吸引而駐足停留。

「咦，吳益豐，你的便當──」江秋月老師的視線落在他的白鐵便當盒內，詫異地發現薄薄一層米飯上，只有兩塊紅白蘿蔔。「──是誰幫你準備的？」

吳益豐並未聽出老師的弦外之音，還開心地答道：「便當是我妹妹做的。」

「我知道了。」江秋月老師聞言心裡一涼，鼻頭則是一陣溫熱。

這個孩子特別認真進取，當初來到恆毅高中部，也是費了好一番功夫。

吳益豐的實際年齡比同屆學生大上兩歲，他的家境不好，父母離異後，母親改嫁後搬到花蓮，把吳益豐和一對弟妹留給了父親照顧。

但是好賭成性的父親其實並不怎麼關心小孩，吳益豐小學剛畢業就去鶯歌磚窯做工，還在成長抽高的階段，肩頭卻讓沉重的扁擔給壓得低垂。其他出身書香門第的同學們攤開掌心皮膚細緻，他的雙手卻被磚頭磨出老繭。

國中時吳益豐唸的是新莊國中補校，持續白天工作養家，晚上才到學校讀書。諸事拖磨，導致他沒有報考高中，年紀輕輕的一個孩子，本來可能一輩子就耗在磚窯裡頭了。

但是他自己想讀書，也真的有唸書的天份，也不知道哪來的勇氣，有一天，他獨自拿著國中同等學歷來到恆毅中學，求見當時的校長麻斯駿神父，求他給自己一個入學的機會。

慈悲為懷的麻神父被吳益豐的真誠與刻苦打動了，於是他告訴眼前的少年：「來恆毅唸書吧，我一定成全你。」

吳益豐的童年實在太苦了，也許老天憐憫，讓他終能看見一絲契機，還被安排到了善解人意的江秋月老師班上。

因為大概曉得他的家庭狀況，班導師江秋月老師便經常把書商贈送的參考書拿給他，讓他節省一筆開銷。

吳益豐很爭氣，每年都考全年級第一名，對於江老師教授的英文科更是卯足了精神苦讀，屢次代表學校參加英文演講比賽。

關於便當盒裡簡單的菜色，他從來不以為意，仍然吃得津津有味，那是他腳踏實地、自食其力賺來的，對他來說，吃個陽春的便當可比山珍海味還要來得理直氣壯。

午餐過後，江秋月老師把吳益豐找到辦公室裡談話。

「媽媽最近有來新莊看你嗎？」江老師像是閒聊似地問他。

「上個月有，這個月還沒。」無異豐回答。

江秋月老師知道，吳益豐的母親每隔一陣子會來探望孩子，並且塞給他們一點零花錢。如果猜得沒錯，他母親改嫁後的日子應該也不算好過，雖然每次回來都會稍作打扮，脖子上掛條珍珠項鍊，卻不難看出那些光澤黯淡的珠寶都不是真品。所以，若是想要幫助三個孩子們，恐怕心有餘而力不足。

「那……爸爸有給你零用錢嗎？」明知道問了也是白問，江秋月老師還是懷抱微渺的希望，企盼著浪子回頭。

「沒有。」吳益豐的目光垂落地面，解釋了寒酸的便當和其他一切。

希望破滅，江老師嘆了口氣。「那你平常的生活費從哪兒來？」

吳益豐回答：「晚上放學以後，我就去打工賺錢。」

「打什麼工？」

「車床。」

江秋月老師倒吸了一口氣。

車床，是一種由電力驅動馬達，配用專用刀座進行鑽孔、壓花、車螺旋之類的大型機具。操作起來具有一定程度的危險性，工人切斷手指的事件也時有耳聞，基於相同的道理，車床工作的人力需求高過實際供應，老闆不太會計較工人的學歷或年紀，提供的薪資也比較優渥。

顯而易見地，吳益豐為了賺錢，索性將自己的安全置身於度外。

「那怎麼行？你白天讀書那麼辛苦，晚上又去趕夜工，什麼時候才能睡覺？尤其車床的工作又特別危險，萬一不小心被機器弄到，可就不好啦！」江秋月老師說。

吳益豐聽了只是聳聳肩，以沉默替代反駁。不然怎麼辦？

他還有弟弟和妹妹，生活總是要過下去。不去打工的話，學費怎麼辦？弟弟妹妹又該怎麼辦？

江秋月老師強忍心疼，十五歲的少年，眉宇間卻刻劃著五十歲中年人才該有的細紋，他得扛起一家之主的煩惱，現實可真是折騰。江老師盤算了一下，決定幫吳益豐辦理住校，起碼在學校裡有吃有住，至於伙食費嘛，乾脆就替他繳了吧。

無獨有偶的是，丈夫劉明維老師以及好友李遵信老師等人聽說了這個學生的情形，決定大夥兒湊一湊，後來麻神父更是為他開了先例，直接免了他的住宿費和伙食費。

儘管吳益豐自己的生活有著落了，心思細膩的劉明維老師仍舊不放心，除了獎學金貼補，每到學期結束，劉老師便挨家挨戶地詢問個班導師有沒有剩下的班費，然後要來存在自己和吳益豐的聯名戶頭裡，不僅幫吳益豐準備了一筆急用基金，在兩個人一起蓋章領錢的但書下，還能避免爸爸盜領，把吳益豐當作自己的小孩般替他著想、悉心照料。

在眾多老師們的看顧下，吳益豐的日子過得平淡而充實，吳益豐受洗成為天主教徒，還透露了想要成為修士的念頭，本以為順遂的日子會持續下去直到畢業。

可是初生之犢不畏虎，懵懵懂懂的青少年總是犀利而且直接，字典裡沒有「圓滑」和「委婉」，不明白話語會對他人造成多大的傷害。有一次，同學聽聞了他的想法，竟譏笑道：「你吃學校吃了三年，畢業後還想繼續吃教會！」

這番貶損讓吳益豐受到很大的打擊，好一陣子，他終日愁眉不展，整個人彷彿萎縮乾枯。貧窮和弱勢是他的原罪，他曾經不願向命運低頭，力圖奮發向上，沒想到學校的好意竟然為他招惹了同儕的冷嘲熱諷，後來是老師們輪番幫他進行心理輔導，才讓他慢慢走出自慚形穢的陰影。

然而厄運弄人，那位被酒精麻痺的父親顯然沒有打算放過他，某節下課，吳益豐匆匆衝進了老師辦公室，整張臉嚇得失去血色。

「老師，怎麼辦，爸爸要把妹妹賣掉啦！」吳益豐急得猛跺腳。

江秋月老師見過吳益豐的妹妹，人長得漂漂亮亮的，可惜智商有些問題。「不要急，講清楚，慢慢說。」

吳益豐喘著氣，結結巴巴地說道：「爸爸愛喝酒，所以欠下了不少債務，那些借他錢的人來找他要，爸爸就說要把妹妹賣給一個阿姨養，拿錢來還給那些人。我說不可以，妹妹卻說沒關係，爸爸說只會去兩年……」

「不行，絕對不行，這樣會毀掉一個女孩子！」江秋月老師二話不說，從皮夾裡掏出幾張紙鈔，塞進吳益豐手中，對他保證：「來，這些給你當車錢，趕快把妹妹帶到花蓮給媽媽，老師會擋住爸爸。」

師生倆討論之後，吳益豐當天立刻回家，連夜搭火車把妹妹送到花蓮去，隔天中午他出現在校門口時，身上還穿著制服、揹著書包，因為他沒有忘記自己還要上學。

這股不服輸的精神讓他以第一名的成績畢業於恆毅高中，而且他不只是學年第一，分數還遙遙領先了第二名，產生的落差很大，可說是遠遠把其他學生拋在後頭。

大學聯考，吳益豐堅持只填了兩個科系，他一心想要從事新聞行業，所以第一志願是政大新聞系，第二志願則是輔大大傳系。

即便在校內堪稱領頭羊，但是進入競爭激烈的考場裡，他還是無法如願考取政大。江秋月老師曾經勸他選填其他公立學校門檻較低的科系，認為學費負擔會是個問題，不過他有自己的堅持，所以還是讀了輔大。

正因為這股堅持，大學畢業後他先後於大成報、中央社等知名新聞行業服務，後來更考取台大博士班繼續深造。

吳益豐每年都會回來恆毅探望老師，每年母親節，江秋月老師的辦公桌上總會收到一束花，比江老師的親生子女還要殷勤。怒放的康乃馨代表吳益豐對江老師亦師亦母陪伴的感念，人的一生總會遇到幾位改變自己的貴人，對吳益豐而言，麻斯駿神父、江秋月老師和劉明維老師就是那樣的關鍵角色。

吳益豐的故事在恆毅師生之間流傳，讓徐文彩老師想起自己教過的一名學生。

民國九十九年，另一個也很特別的學生來到恆毅，他的存在像是一顆難以忽視的大石子，在徐文彩老師與全班同學的心湖裡濺起巨大的水花，直到多年以後，眾人再想起他，心中依然餘波盪漾。

民國58年教職員於忠孝樓前方合照。

倒不是說他個子很大，而是他擁有強韌無比的堅定信念。與吳益豐的在校期間前後差距了二十年，卻都能展現出恆毅人堅忍不拔的「恆心」和「毅力」。

與吳益豐不同的是，前者為經濟與心靈的困窘，那名學生則是肢體上有所不便。重度肢障讓他必須靠輪椅行動，每天上學放學都由爸爸親自開車接送。爸爸得將車駛進校園，然後再把他揹進教室，在電梯尚未普及的校園裡著實辛苦。

徐文彩老師不忍學生家長天天搬運電動輪椅，於是主動提出建議，讓爸爸把輪椅放在教室內，由班級代為保管，省卻不少麻煩。

當然，爸爸也不可能像衛星繞著行星般整天在他身邊打轉，爸爸離開學校的時間，則由班上同學代勞。班上學生經常對那名身障的同學釋出善意，還自發性地揹他上科學館三樓上實驗課，讓徐文彩老師相當窩心。

最重要的是，該學生高中三年來居然拿下全勤，一天不曾請過假，這點讓徐文彩老師感到非常不可思議。

尋常的孩子都會不舒服請病假了，根據徐老師的經驗，肢障的學生更是常常請假，也許身體不適，也許家人沒空協助，無論是什麼五花八門的理由，面對特殊案例，老師通常會睜隻眼閉隻眼，不去追究太多。

但是徐文彩老師從高一帶他帶到高三，每天早上都準時看到他，哪怕是感冒了，他也不肯放棄上學的機會，曾經徐老師問他為什麼那麼堅持，他回答道：「我真的很喜歡學校。」

這句話訴盡了千言萬語。喜歡必須是雙向的，喜歡學校，意味著喜歡同學、老師、教官和整個校園環境，若是其中一個環節出現了一丁點不友善，那份喜歡可能就會大打折扣。

恆毅學子樂於助人，推著輪椅到校門口接腳部受傷行動不便的同學。

這名學生的爸爸甚至陪著他參加畢業旅行，認為三年只有一次，希望他能和普通孩子一樣，和同學一塊兒留下美好回憶。其他關於學校的大小活動，校慶、園遊會、彌撒等等，爸爸沒讓他缺席過任何一次。

徐文彩老師相信，除了自我要求以外，用心的爸爸、熱情的同學也是支持他的重要力量。

「雖然他身體不方便，他的意志力卻勝過任何四肢健全的孩子，是最好的生命教育教材。」徐文彩老師感佩地說道。

生命教育的感動

「順手捐發票，救救唐寶寶！」

汗水自頸後滑下，衣襟乾了又濕、濕了又乾，學生們卻不引以為苦，仍舊扯著喉嚨賣力大喊。

民國一百零六年五月的某一天，恆毅中學活泉服務社的十多個人分成兩組，一組由副社長帶頭，另一組則由戴渝庭本人親自領軍，頂著豔陽高照，從新莊搭乘捷運來到台北市的民權西路的熱鬧街頭為唐氏症基金會進行募捐發票活動。

每週三下午兩點到四點，是活泉服務社的社團活動時間，他們總是四處奔波，或是探訪獨居老人，或是去安養中心或啟能中心做義工。他們早早就學會貢獻自己的力量，懂得「施比受更有福」的道理。

選擇捷運民權西路站作為據點的理由，是該站位處於紅線和黃線的交會點，又在商業繁忙的都會區內，根據常理判斷，往來人潮必然眾多，而且行人身上往往都搜得出幾張統一發票。

結果，平日下午的兩三點，台北市大同區根本沒有想像中那麼熱鬧。活泉服務社的社員們一直努力叫喊，喊到嗓子都乾渴難耐，箱子裡的發票仍舊寥寥可數。

「好渴。」學妹無精打采地說。

「對啊，我們真呆，居然忘記帶水了。」戴渝庭擠出一絲苦笑。

他們原先繞著捷運站周遭的十字路口來回走動，後來發覺不對，行走的時候更難引起注意，而且移動

活泉服務社赴唐氏症基金會進行服務。

的同時，和他人接觸的時間只有擦肩而過的短短一秒。

再者，就算吸引了路人的注意，起心動念之間，原本想捐發票的人很有可能因為不想再回頭追逐，從而打消了念頭。

於是他們改變主意，決定守株待兔，站在單一定點等待。

「順手捐發票，救救唐寶寶……啊，我快燒聲了。」學妹摀著喉嚨道。

「燒聲還不打緊，要是募到的發票只有這麼一點點，數量再不往上攀升，我們就白跑一趟了。」戴渝庭回答。

兩人交換了一個無奈的眼神，情況卻在這時候有了轉機。

一個約莫五歲的小女孩拉著媽媽的手經過眼前，綁著小小馬尾的女孩蹦蹦跳跳、東張西望，馬尾也跟著彈跳不止，女孩的視線在掠過募捐箱的同時逗留了一會兒，步伐也慢了下來。

「媽咪，她們在幹嘛？」小女孩問。

「我看看，喔，姊姊們在幫唐寶寶募捐發票。」年輕的媽媽回答。

「唐寶寶是什麼啊？」小女孩又問。

「就是唐氏症，算是一種先天性的染色體異常疾病，姊姊們就是在幫那些生病的人募捐，希望大家幫助他們。」年輕媽媽說。

「那個箱子是用來裝錢的嗎？」小女孩決心打破砂鍋問到底。

「不是，」年輕媽媽微笑，對女兒說道：「我們平常去店裡買東西，付錢以後，不是會拿到長長的統一發票嗎？統一發票每個月可以對獎，姊姊們邀請大家捐發票，用那個箱子來裝。」

「我要捐！我要捐！」小女孩停住腳步。

「好，媽咪找找看有沒有。」語畢，年輕媽媽伸手進包包裡東翻西找，搜出了兩張發票。「來，讓妳投進箱子裡。」

「好。」小女孩一把抓了發票，躍躍欲試地走向活泉服務社的大姊姊，可是，走到一半又停下來回頭看媽媽，顯得有些羞怯。

「去啊。」年輕媽媽鼓勵。

小女孩再次鼓起勇氣，這回終於順利將發票塞進募捐箱裡。

「哇，妹妹，妳好棒喔！」戴湎庭和學妹忙不迭大聲稱讚。

「啊？」

小女孩興奮地跑回媽媽身邊，紅撲撲的臉頰彷若鮮豔欲滴的蘋果。「還要捐！」小女孩大喊。

「我還要捐發票。」

「好，我再找找。」年輕媽媽的手再度探向包包，可惜撈了老半天，都找不到別的發票。「媽咪沒有發票了耶，下次再捐吧？」

「可是我想幫助唐寶寶。」小女孩嘟嘴。

年輕媽媽看了好氣又好笑，不禁憐愛地摸了摸女兒的頭。

「沒關係，妹妹，以後有發票還可以捐喔。」戴湎庭微笑以報。

小女孩聽了，這才心不甘情不願地隨著媽媽離去。

「真可愛。」戴湎庭笑咪咪地說。

「對呀。」學妹附和。

「要是多來幾個小妹妹，今天下午的疲憊全都一掃而空了。」戴渝庭道。

人來人往，又奮力招攬了一陣子，一名上班族走過面前，他和戴渝庭四目交接，又瞄了捐獻箱一眼，腳步沒有多作停留。

戴渝庭則繼續喊著：「救救唐寶寶！順手捐發票！」

沒想到幾分鐘後，那位上班族走出隔壁的便利商店，然後直直走向戴渝庭，手裡還握著一張發票！原來，那名上班族特地去便利商店消費。

「謝謝你！」戴渝庭望著把發票塞進箱子裡的那隻手的主人，一陣莫名的激動讓戴渝庭哽咽不已。她本以為上班族只是偶然路過，沒有打算稍作停留。

「不客氣。」上班族微笑。

接著陸陸續續有人捐獻發票，還有捐獻者離開以後又從口袋翻到發票，然後折返回來再捐一次，讓戴渝庭和學妹非常感動。

「哇，好多發票喔！」學妹高舉發票箱。

「今天大成功。」戴渝庭露齒而笑，比了個勝利的手勢。

這個下午，在炙熱的台北市街頭站了兩個小時以後，恆毅中學活泉服務社的社員們抱著逼近七分滿的沉重發票捐獻箱，搭上新莊方向的捷運列車。

回程的路上，每個人都疲憊不堪，卻也都堆滿笑容。儘管口很乾，他們的心卻很滿。

活泉服務社隸屬於生命教育中心，最早則是掛在輔導室的宗輔組編制下，陳永怡神父任校長時期將輔

活泉服務社同學們與唐氏症院生一起工作。

導室和宗輔組一分為二，後者則獨立為生命教育中心。

以職掌來區分，生命教育中心的首要任務是協調宗教相關事務，並融入道德倫理、生命教育等概念，例如升學祈福禮、爬好漢坡祝福、聖誕彌撒、畢業成年禮等儀式。

輔導室則主管學習適應、家庭情況、人際往來、升學選組以及未來志向探索等事務。

許惠芳老師是輔導室組織變動與成長的見證人之一。民國八十八年，由於某位輔導室老師羅患青光眼而留職停薪，當時在輔大神學院擔任院長秘書的許惠芳老師萌生走出個人辦公室、與人群有所互動的想法。

渴望改變，又適逢恆毅中學釋出一名代課老師的空缺，加上學校給的課表非常集中，讓許惠芳老師可以有充足的時間照料生病的母親，於是她毅然加入了輔導室的行列。

那一年過得相當愉快，許老師長期於教會體制內工作，所以做來得心應手。恆毅中學在教師節時舉辦了個「最喜歡老師」的票選活動，因為許惠芳老師的課堂數少、班級量多，累積了為數可觀的學生票源，輔導室的「倫理課」又較一般正課輕鬆愉快，所以許老師幸運登上排行榜。

一年後，該名罹青光眼的老師正式離職，校長詢問許惠芳老師留任的意願，許老師也就答應下來。

早期倫理課沒有統一教材，教案也不完備，許惠芳老師便拿曉明女中編寫的單薄課本，佐以佛教法鼓山的結緣品「大智慧過生活」，根據自己每學期排定的主題目標，用教案和可愛的小故事甚或時事剪報來上課。

在她的觀念中，即使是現成的教案也不見得適合每一位老師，學生反應和教案企圖產生的結果也有可能不一樣，只要概念是正向的，任何材料都可以參酌。

美國前副總統高爾在西元兩千年左右投入環境活動，公開對全球氣候暖化議題發表演說，許惠芳老師也以食品添加物與生態保育為議題，讓學生參與討論、刺激多元思考。

「在賺錢和顧慮他人健康之間，你要怎麼取捨衡量？」

「在工業發展和環境維護之間，什麼才是優先？」

許惠芳老師認為，這樣的思維辯證，就是在探究所謂的「倫理」。

「低階的倫理是規範，我教導你什麼可以做、什麼不能做，但『教育』一定要讓學生發展出自己的想法和判斷力。當然，發展必須經過一連串的過程，人不為己天誅地滅，剛開始每個人一定是非常自我的，我相信這也很健康，人不先愛自己，愛別人的基礎將會是薄弱的。

「當被接納、欣賞得夠多，有了足夠的安全感，就會開始看見別人的需要，拉扯就會平衡。之後更成熟了，就會願意我少一點、別人多一點。這樣的思維可不是老師逼出來的，必須自己經歷成長。所以，討論、訓練、自我選擇，這是一個漫長的過程。」許惠芳老師如是說。

她注意到恆毅中學的國中生普遍而言比較單純，高中生則每個個體間的差異很大，有的仍秉持自我中心，有的則思想寬闊，開始懂得權衡是非、會替別人多著想一些。

許惠芳老師會針對學生的學習單回饋或上課表現留意學生狀況，她覺得學生的課表排得很緊，通常也不太有意願利用短暫的下課時光到輔導室尋求幫助，除非是上課內容恰好「正中紅心」。

某天，倫理課剛下課，一位同學便挨在講桌旁，劈頭就說：「老師，我媽媽不要我了。」

經過細細詢問，許惠芳老師得知該學生的父母正準備離婚，於是老師花了好些時間聽他說話，希望能幫他解開心結，陪伴他走過生命中的低潮。

對國高中來說，發生問題的第一線處理單位必然是班導師，然後是學校教官，經過評估後，若校方認為有必要，才會轉介到輔導室。

所以，輔導老師平時也必須保持雪亮的雙眼和機警的一顆心，發現不尋常的異狀，搜蛛絲馬跡，方能適時提供協助。

曾有一個國中二年級男同學是許惠芳老師「認輔」的學生，所謂認輔，就是並非學校委派，而是老師自己主動「認」來的孩子。

那位學生的狀況是，家中是書香門第，對成績相當要求，從事教師工作的母親逼他每天去補習班報到，就連假日也不放過。

學生本身非常壓抑，痛苦明白寫在臉上，許惠芳老師便將他找來，試圖和他一起釐清狀況。為什麼花了那麼多時間讀書，卻沒有絲毫進步？究竟是讀書方法不適合、還是其他方面的問題？

後來，許惠芳老師發現他可能有「學習障礙」。那名學生不是不願意，而是沒辦法，他已經盡力了，但學習上就是有困難，所以永遠達不到媽媽認同的標準。

媽媽的邏輯是：「你讀書就會有成績，不讀書就沒有成績，沒成績是因為沒讀書！」

許惠芳老師只好每週找他來談話一次，持續了一整個學期，以陪伴支持他，以肯定學生的努力提昇他的自我價值感，雖然學生在成績方面的進步看不太出來，儘管老師自己好一陣子沒有午休時間，但是老師希望該生能更加認同自己，而非陷入「成績代表一切」的迷思。

終於，那名學生在畢業後決定走技職路線，所以去唸了專校，家裡也願意妥協，算是找到兩者之間的平衡點。

每個學期末，輔導處都會清查認輔狀況，當時的輔導主任湯兆蘭主任在厚厚一疊卷宗中發現了許惠芳老師鉅細靡遺的記錄，認為該學生的案例無論在頻率還是談話深度都是全年度最好的一個，因此還特別準備了獎狀和禮物，請校長頒發「最佳認輔獎」給許老師。

其實類似的例子還有很多，恆毅中學輔導處的老師們用心良苦，位於忠孝樓三樓輔導處旁的個別諮商室門口，常常掛著「使用中」的吊牌，那表示輔導老師們正在和學生進行談話。

也許是好友翻臉，也許是初戀破局，輔導老師們傾聽學生的傷痛，以恆久的陪伴為藥引，無比的耐心和愛心為藥材，修補治癒一縷縷破碎的靈魂。

無論是輔導處抑或生命教育中心，在賴玉菁主任和洪淑貞組長的帶領下，老師們都將學生視如己出，用心引導、悉心照料。

民國一百零四年，恆毅中學榮獲生命教育區級「深耕學校」獎，新北市教育局特別來文，請得獎學校進行公開頒獎，以激發師生對生命的關懷和對生命教育的熱愛。

剛恆毅樞機曾說：「青年是生命的春天……如果青年時代，小心培植生命之花，使他不受絲毫損傷，那麼到了時候，就會結出很好的果實。」

心中難以抹滅的缺憾

在江秋月老師幾十年來的教職生涯中，最掛心、最惋惜的學生就是她在擔任恆毅高中部班導師時，一個叫做胡士舜的孩子了。

胡士舜是轉學生，上學的第一天就表現得和別人很不一樣。他的髮型格外時髦，大家都理平頭，他偏偏要在髮尾上抹髮油，講話的態度也吊兒郎噹的，夾雜幾分江湖味兒，一看就知道不是個從善如流的乖乖牌。

江秋月老師心想，非得把這孩子看緊一點不可。

果不其然，第一天才上了幾節課，風紀股長就跑來辦公室報告，說胡士舜人不見了。

「你說不見了？什麼意思？」江秋月蹙眉。

「上課打鐘了他也沒回教室，去隔壁廁所喊了，也沒有人應答。」風紀股長無奈地說。

「好吧，我知道了。」江秋月老師回答。

一堂課後，胡士舜回來了，江秋月老師立刻請他前來談話。江老師問他：「你為什麼擅自離開教室？」

胡士舜站個三七步，理直氣壯地說：「老師一來就講一大堆規定，煩死了。」他大手一揮。「哼，這麼嚴格，我才不想聽呢。」

江秋月老師立刻抓住了關鍵字：「嚴格」。胡士舜從前讀的是風氣自由的新埔工專，而恆毅中學則是出了名的嚴管勤教，來到一個新環境，本來就需要時間適應，加上校風是如此不同，胡士舜當然不可能馬上習慣。看來，往後磨合的日子還長著呢！

胡士舜真是個讓老師頭疼的學生，偏偏他為人海派，即便到了新學校，還是很快地和其他人交上朋友。聽說他有抽菸的壞習慣，有一次，江秋月老師想要搜出他的香煙，胡士舜竟大言不慚地說道：「老師妳不用抽查，我放在很安全的地方，沒有人找得到。」

事後，江秋月老師才輾轉得知，隔壁班女生幫他把違禁品藏在女生教室的清潔箱裡，這就難怪了，任憑江老師如何翻箱倒櫃，都不可能搜出他的菸，因為菸根本不在教室裡面。

然而江秋月老師並沒有因此放棄他，反而更加關心他，努力改造他，想盡辦法讓他變成更好的人。

每個高一學生都要做智力測驗，胡士舜竟拿了全班最高分，這令江秋月老師更加堅信他是塊未經雕琢的璞玉，假以時日，必能在千錘百鍊後綻放耀眼光彩。

過了一陣子，胡士舜似乎真的有些轉變。打聽之下，才知道胡士舜從前一起廝混的老同學們給他碰了個軟釘子。剛轉學的那段期間，每天放學以後，胡士舜就跑回去找以前的老同學，可是離開新埔工專的環境一久，胡士舜自然而然和其他人有些脫節，所以老同學們反倒勸他：「既然你已經轉到普通中學了，就把握機會好好讀下去吧。」

近朱者赤、近墨者黑，大多數恆毅學生都是循規蹈矩的孩子，老師們也特別注重品德教育，耳濡目染使然，胡士舜也相對收斂許多。

即使是年輕的孩子，也能察覺他人對待自己的方式和態度，日子久了，江秋月老師的堅持有了結果，師生倆的感情與日俱增，胡士舜彷彿漸漸受到感召……

某天，胡士舜這樣問了江老師：「老師，我到任何一個地方，教官和老師都想把我趕出去，為什麼妳沒有這麼做呢？」

「只要你來到我的班，就是我的孩子。」江秋月老師笑答。

眼前像脫韁野馬般的孩子確實給她造成許多麻煩，但她相信胡士舜只是一時迷失了方向，他需要的是一盞明燈，而不是猛力鞭策。

因為受到了迥異於以往的對待，胡士舜開始和江秋月老師變得親近，後來，幾乎每堂下課都跑來找江老師聊天。

同一個辦公室的老師看到胡士舜天天來、堂堂來，忍不住問道：「江老師，你的學生怎麼一天到晚來老師辦公室報到啊？」

「我寧可他一天到晚往這裡跑，也比去做違反校規的事情好。」江秋月老師眨眨眼睛，流露出高深莫測的智慧。

高一的時光匆匆結束，到了暑假，江秋月老師出國參加高中老師研習營，到美國伊利諾大學待了四十幾天。研習結束以後，她才剛下飛機，就聽說胡士舜出車禍、正在醫院裡頭急救的噩耗。

「哪家醫院？我馬上過去⋯⋯」江老師顫抖著掛上電話，留下滿地尚未整理的行李，直接衝出家門。

經由電話彼端破碎且不連貫的字句，江秋月老師勉強拼湊出大略的事實：胡士舜是家中唯一的獨子，上頭有幾個姊姊，備受寵愛的程度可說是呼風喚雨。他吵著要騎摩托車，即使未滿十八歲是無照駕駛，家人也順著他的意，給他買了摩托車。

怎料家人的一時心軟卻埋下肇禍的種子，年輕氣盛的騎士，還以為擁有揮霍無度的青春，哪裡懂得騎摩托車是「肉包鐵」？缺乏危機意識的情況下，意外就這樣發生了……

胡士舜被安置在中興診所，姊姊們說，他的狀況相當危急，沒有一個大醫院要接他的案例，大醫院的醫生都認為他沒救了。送到中興診所，也只是死馬當活馬醫。

病房內既安靜又嘈雜，嘈雜的是憂心忡忡的家人們，不斷在附近徘徊、踱步、低語、啜泣；安靜的是則病房中央陷入昏睡的病人。旁人忙碌，主角卻寂靜無聲，讓病房彷如一所巨大空洞的陵墓。

雙眼是靈魂之窗，胡士舜緊閉的眼皮將戲謔的目光和強韌的生命力都隔絕起來。

江老師肉眼所及，他的皮膚上佈滿大小深淺不一的瘀青和擦傷，沒有裸露出來的部分，則是覆蓋的紗布與包紮，體無完膚的模樣好似辦家家酒時年幼孩子的作品，然後又被遺忘在塵封的櫃子裡。

見到自己的學生全身插滿管子，江老師宛若遭受晴天霹靂，眼淚也源源不絕地滾落雙頰。她覺得心好痛，怎麼也無法將記憶中活蹦亂跳的孩子和眼前奄奄一息的模樣聯想起來。

「上次在教室裡找不到你，你卻自己回來了，拜託這次也乖乖回來吧……」江秋月老師在心中祈禱。

「阿弟，你的老師來看你了……」姊姊圍繞在病床旁低喊。

「胡士舜，你要加油！」江老師凝視著親愛的學生，深怕一別開視線，從此再也沒有機會多看兩眼。

然而，也許是命不該絕，胡士舜竟然逃過死劫。在聲聲呼喚下，他終於睜開雙眼，隨後花了個把月，從病榻中慢慢恢復健康。

結痂脫落，在他的皮膚上形成深淺不一的粉紅色，過程緩慢而冗長，需忍受難耐的搔癢。某天他出院了，車禍在他的皮肉上留下大大小小的傷疤，他已經有所不同，但這些都不算什麼。

這次車禍造成的諸多後遺症中，最難治癒的，是他損及智力的腦傷。

「別的我都不知道，但我知道江老師妳有來看我。」返回學校以後，胡士舜操著大舌頭，笑嘻嘻地對江秋月老師說道。

他和原先那桀驁不馴的男孩判若兩人，彷彿倒退了許多年歲，重拾幼兒時期的天真浪漫。

他也回到高一重讀，由於在他生病住院期間，班上同學們的課業已經超前許多，家人判斷胡士舜跟不上進度，也怕給他太大壓力，乾脆讓他有個重新開始的機會，所以，江秋月老師也不再是他的導師。

不過，只要在校園裡碰見，胡士舜都會興奮地把江老師攔下，和她天南地北的閒扯。

後來，胡士舜從恆毅中學畢業了，往後三十年間，偶爾在板橋的大街上遇到，胡士舜仍會不管三七二十一地衝過馬路，只為了和江老師面對面打聲招呼。

對於學生的熱情和傻氣，江秋月老師雖然感到窩心，偶爾在夜闌人靜時，還是會懷念起當年那個狡猾中帶點兒慧黠的可愛男孩。而胡士舜這三個字，則成為江秋月老師胸口的一股悶痛，這輩子都無法擺脫、難以忘懷。

李遵信老師的心中也有一道難以癒合的傷。

對方是恆毅中學國中部的學生，成績相當優秀，當然，在六、七零年代的時代背景下，漂亮的成績單經常是教鞭和數不盡的夜自習逼出來的。

當時高中聯考成績放榜，大家都確信他必定能上建中，但為了保險起見，老師們還是勸他再去考五專，替自己留個退路。

「萬一沒上建中怎麼辦？」

「聽說今年的考試特別簡單，所有考生的分數都很高，那麼，你的成績就不特別前面了。」

温馨的生命教育中心，江秋月老師在辦公室內受訪。

該生本來就是個自我要求很高且任勞任怨的孩子，聲聲催促下，他果然乖乖地報名了，當天也前往試場應考。

沒料到，五專考試的第一堂考國文，試卷剛發下來，他一看題目，忽然間放聲大笑。

「這麼簡單？」學生倏地自座位上起身，椅子斜倒在地，發出砰然巨響。「哈哈哈哈哈！」

他自顧自地大笑起來，然後把試卷一扔，筆也丟了，逕自衝出教室。

他崩潰了。

結果那孩子沒有把五專考試考完，也沒有就讀建中，而是回到恆毅中學的高中部。

精神分裂的狀態不容許他過正常生活，雖然家人帶他去看醫生，也有服用藥物控制，學校不敢給他壓力，高中三年更完全免學雜費，希望他能夠慢慢調適，病情不要惡化下去。

可是，精神疾病到底不是感冒，反而更像是惡夢，它會一輩子如影隨形。

那名學生的狀況時好時壞，一直無法擺脫陰影，後來不到六十歲便離開人世，也成為李遵信老師今生難以承受之痛。

日後，李遵信老師經常提醒自己、也奉勸其他老師，切忌以過分嚴苛的方式對待學生。

「不要打罵學生啦，你愈罵他、他就愈反彈，然後就變成惡性循環，雖然當下服了，但心理卻不服氣，等到有一天他可以當家作主了，真正的想法就會顯現。」李老師不住嘆氣，道：「更糟糕的是另外一種不會反彈的，那類學生會覺得被責備、壓抑自己是正常的，所以不停責怪自己不夠好，當他不能承受的時候可能就會崩潰了，唉，我看過這樣毀掉的學生太多了……」

不只是江秋月和李遵信老師，民國八十八年，造成兩千多人死亡、一萬多人受傷的九二一大地震也帶走了一位恆毅的學子。

那夜天搖地動，位於新莊的集合式住宅大樓—「博士的家」倒塌，其中一名死者湊巧是林鑫政老師班上的孩子。儘管才剛開學沒有多久，林老師卻清楚記得，那名學生長得高高瘦瘦，安排在教室中後方的位置。

這場意外讓學生一家人都不幸罹難，一片狼藉的殘壁破垣中，連遺體都找不到，最後是外婆幫忙處理後事，校長、輔導主任與老師都有前去參加公祭。那陣子看到教室內硬生生空了個位子，林鑫政老師的心裡彷彿也缺了一角，一個孩子不見了，讓他感到空蕩蕩的。

徐文彩老師的一名女學生，則是在放學後於樹林三俊街附近，被壞人拖進工廠裡強暴。

當時女孩連續請了兩天病假，母親在請假的來電中則支吾其詞、欲言又止，基於直覺，徐文彩老師認為不太對勁，於是要求女孩的母親放心對她全盤托出，這麼一開口，女孩的媽媽便哭了

輔導處特別改造老舊的校園角落，將耳目一新的休憩環境和漂書帶給學生。

起來。

後來，徐文彩老師向學務處教官通報，然後到女孩家裡去協助處理，她親自帶著女孩去婦產科做事後避孕，再和家人一塊兒，努力幫助女孩的生活重上軌道。

不同的故事，相同的煎熬。我們總以為青少年時期理當無憂無慮，誰知道生命的轉角總是危機四伏。所幸，恆毅中學從來不敢輕忽大意，多年來的經驗累積，讓校方研擬出一套完整的機制加以應對。意外、自殺、死亡等重大事件是每個學校輔導處最擔憂的狀況，每當校園中傳出重大事件，輔導處就必須積極介入危機處理。

曾有一名恆毅中學的國二學生謊稱要去上學了，卻悄悄走上了公寓頂樓，等媽媽出門後，就返家燒炭自殺。

隔天，輔導處立即與校長室研擬訊息正確的公告，有給全校同學的一封信、給家長的一封信，以及對外提供媒體的新聞稿。

同時，輔導處必須進班做輔導，替班上同學、導師和所有任課老師做安心服務。

輔導處也會協助處理空出來的位置，參加告別式，依照關係遠近分別進行小團體或個案的諮商，可能是分享心情、祈福、寫信或是摺紙鶴，藉以渡過哀傷並且與亡者道別，前後大概持續兩週到一個月，陪伴大家慢慢走過傷痛的幽谷。

生命充滿了考驗，願平安喜樂與全校師生同在。

校長陳海鵬與杜天佐主任於幸運草角落完工時合影。

老師家長一條心

六輛外觀相仿的遊覽車行駛在高速公路上，猶如一支秩序十足、浩浩蕩蕩的隊伍，滿載遊興、歡笑與期待。車隊中偶爾穿插幾台編制以外的自用車，不過任誰都看得出來，這幾輛大車自成一國。

遊覽車隊自台北一路往南，目的地是位於苗栗的四方鮮乳牧場。每年母親節的前一週，恆毅中學家長會都會舉辦親師旅遊，邀請老師、家長會成員以及孩子們出去走走，讓老師與家長聯繫感情，孩子也能暫時擺脫龐大的考試壓力，好好放鬆一下。

去年、也就是民國一百零六年，親師旅遊選定的地點是宜蘭外海的龜山島，點子來自當時的新科校長陳海鵬先生。

「大部分的台灣景點，大家應該都玩遍了，但是很少有人去過龜山島吧？」陳海鵬校長如此建議：「我們以團體名義比較好申請，不妨考慮看看？」

該屆的家長會長韓連忠總經理與多數委員都覺得構想很不錯，於是事情就這麼敲定了。

毫不陌生的地名，帶來的卻是個嶄新的體驗，一天往返的行程，他們先是搭車，然後換成乘船，之後再靠雙腳步行，把龜山島玩了個遍，後來還在恆毅校友於宜蘭澳底開的龍蝦大王餐廳用膳，賓主盡歡、圓滿結束旅程。

偶爾，家長會也辦理規模較小的踏青活動，例如民國一百零七年的三月初，他們就齊集了兩台遊覽車的人數，到苗栗大湖採草莓去。搭乘遊覽車出遊的感受與平時的家庭旅遊大不相同，卸下緊繃的心情、屏除從屬的關係，親師相處起來毫無負擔，就連平常在長輩面前沉默寡言的青少年們也活潑起來。

此時此刻，兩旁景致自窗外飛掠，隊伍浩浩蕩蕩，車上乘客的興奮之情溢於言表，他們聊天的聊天，唱歌的唱歌，零食蜜餞沿著座位前後傳遞，此等熱烈的氣氛，通常只有同樂會時才見得到。

對於有機會置身於田野間，近距離接觸乳牛、追逐蝴蝶，每個人都表現得興味盎然。雖然車上過半數是孩子都唸中學的大人了，卻還是像滿心企盼郊遊的小孩子一樣吱吱喳喳個沒完。

「聽說可以餵小牛喝奶耶！」

「我要玩披薩ＤＩＹ和奶酪ＤＩＹ！」

「那我要彩繪乳牛撲滿！」

至少六部遊覽車、超過兩百個人，親師旅遊的大陣仗是恆毅中學多年來的慣例，也是家長會經營有成的指標。

恆毅中學家長會的運作，是在工作之餘，盡量付出自己私人的時間。這群學生家長相信加入家長會能更加貼近孩子的生活，無論是在教育上、生活上還是品行塑造上都會產生實質幫助，所以願意出錢出力、撥時間開會、提出建議，經由家長與校方的雙向溝通，或是家長和家長之間的互動交流，改善學生在校問題，同時也能豐富自己的觀點與眼界。

有心參與校務的父母先是成為各班的班級代表委員，代表班級發聲，然後自由選擇是否加入家長會。由於對孩子、對學校不遺餘力的家長們人數眾多，每年的家長會組織都多達百餘人上下。

入會以後，身為常務委員、幹部、副會長、會長、總召等家長會成員每學期必須召開兩次大型會議，其餘還有些零零總總的小型會議，依據各分組的需求另外召開，原則上，任何活動都會有行前籌劃。

例如活動組，便是負責親師旅遊、聖誕節目、畢業典禮等表演活動以及校慶攤位特賣，家長會總是不吝於在恆毅中學的重要慶典中獻上勁歌熱舞，只為了炒熱氣氛，與孩子們同樂。現今黎明技術學院的董事長也是家長會的一員，他特別於恆毅中學校慶時派來餐飲科學生服務，在家長會攤位附設了咖啡座，熱情贊助免費咖啡與西點。

和孩子們日常生活息息最為相關的就是團膳組了，團膳組的主要職掌是監督學校營養午餐，小組成員每個禮拜都會到校督餐，親上火線突擊檢查，看看桶餐有沒有蓋子、地板乾不乾淨，甚至自己吃上一頓，實際感受供餐的滋味與口感。團膳組每個月還得與廠商開會審核菜單，確保菜色營養均衡且富有變化。

至於家長會中的教育組、諮詢組，則負責參與學校召開的獎懲會議和服儀會議，代表家長的觀點，提出為人父母的見解。其餘還有負責預算經費的財務組、處理公共關係的公關組和凡事親力親為的服務組。

如此勞心勞力，無非是為了恆毅中學的孩子們能在最健全完善的環境中成長茁壯。

例如大川實業的執行董事黃桂芳榮譽會長，人稱「蛋糕會長」，他本身是恆毅初中部直升高中部的校友，擔任過家長會的總召、會長和榮譽會長，小兒子也跟他一樣，在恆毅中學讀了六年書。

因為他擔任第四十九屆會長時，曾向校方要來全校老師們的生日月份與日期，然後委託認識的蛋糕店，每逢老師們生日，就送蛋糕去學校慶賀，讓老師可以和同事或學生們分享喜悅。

黃桂芳榮譽會長鼓勵所有學生家長參與家長會，他認為付出愈多，和學校與老師之間互動也就愈頻繁，相對來說，孩子的狀況和學校的動態也會更加瞭解。

曾經他在擔任其他學校的家長會長時，遭遇校長和老師之間有溝通落差的狀況，黃桂芳榮譽會長毅然決然擔起中間緩衝的角色，當然也吃過不少閉門羹。

「唉呀，你跟『樓下的』走的太近了！」該校校長埋怨。

「會長，你被『樓上的』洗腦了啦！」該校老師們說。

即便如此，黃桂芳榮譽會長仍盡力扮演好自己當時「家長會長」的角色。

所幸每個學校的生態不一樣，恆毅中學並沒有上下難以達成共識的問題，各單位彼此尊重、相互搭配，良性循環是這十多年來恆毅家長會逐漸壯大的重要原因。

「恭喜妳們家女兒考上大學啦。」第五十九屆家長會長韓連忠總經理，向現任的張奇英會長打了招呼。

身為恆毅中學初中部校友的韓連忠前會長，亦是大口興業的總經理，他本身正是恆毅學生奮發向上的最佳實例。韓連忠總經理中學時擅長史地等文科，初中畢業之際，他在五專考試中勇奪社會科滿分一百四十分，後來填選志願分發至東南工專，發現自己對法律特別有天份，於是再插大進入法律系就讀。

自己的人生道路上曾拐了個彎，韓連忠總經理特別投入家長會營運，希望鼓勵學生們「提早發現自己的興趣」，才能找到定位、立足社會，知道如何扮演好自己的角色。

也因著對母校懷有深厚的感情和信任，他的兩個兒子都是從恆毅國中部直升高中部，一唸就是六年。後來輪到和老二差距五歲的小女兒就學，原本也想安排她進入恆毅，沒料到小女兒卻為了嚴格的髮禁而拒讀。

從前，恆毅中學國中部曾一度謹守蓄髮的分際，是在服儀會議幾經討論後，才放寬服儀標準，讓國中部女生與高中部女生一樣，能將長度留至腋下，而那也是近幾年的事了。

「我要讀金陵女中！我不要剪學生頭！」小女兒說著說著，眼淚就掉了下來。

「別哭，有事情好商量嘛。」韓連忠總經理一時慌了手腳，只好向交情深厚且同樣為人父親的學長

民國八十六年的家長會開會一隅。

民國八十七年，卓明楠校長頒發匾額給家長會會長。

請益。

學長告訴他：「你就尊重她的決定吧，畢竟如果在恆毅讀得好，不是你的功勞，不好就是你的罪過了。」

捨不得唯一的女兒落淚，韓連忠總經理只好順著她的意思。然而有趣的是，女兒在金陵國中部三年畢業後，仍舊踏著兩位哥哥們的足跡，選擇了恆毅中學高中部。

前前後後三個孩子就讀恆毅，韓連忠總經理參與家長會事務也長達十二年之久，再加上連自己親妹妹的孩子也在恆毅中學唸書，韓總經理對學校的期盼和對家長會的付出自然不在話下。

「繁星計畫考上輔大對嗎？真棒。」韓連忠總經理讚美。

「謝謝。」張奇英會長笑道：「剛好是她有興趣的科系，終於可以鬆一口氣了。」

張奇英會長確實能放下心中的大石頭了，經手會務多年，她將會隨著女兒畢業，自己也從家長會裡頭畢業。說起來，今年真是榮耀夾雜不捨的一年。

張會長本身從事卡通授權產品行業，在百忙中抽空參與家長會事務，是認為能和志同道合的家長、老師以及校方交換意見，更加了解教育界新的想法，然後反饋到孩子身上。她總能把工作上待人處世的俐落運用在家長會務裡頭，深受愛戴之下獲選為會長，但是，張奇英會長總是謙虛的表示，能和孩子以及學校共同成長，收穫比付出多更多。

女兒能考上理想校系，親師的默契與合作無間當然也功不可沒，張奇英會長想起幾個月以前，她和班導師徐文彩老師為了讓女兒專心讀書，還特別找了個理由，把女兒的手機收走，免得3C產品佔用太多時間和心思。

陳海鵬校長及家長會成員於考生服務區，為學生們加油打氣。

在通訊軟體流行且普及以後，親師溝通無遠弗屆，多數老師也很樂意和家長保持頻繁密切的交流。想到這裡，張奇英會長不禁微微一笑，等會兒一定要記得再次感謝徐文彩老師。

「對了，」這時，張奇英會長驀地想起另一件事，她對韓連忠總經理說道：「上回你女兒班上那個女同學，後來怎麼樣了？」

張會長問的是一位高三的女孩，女孩住在林口，比其他同學都來得遙遠，經常遲到早退不請假，不然就是請了假以後卻不補假條，也不把學校的催促當一回事。校方認為她漠視校規，小過一支支記了也沒有效果，只好建議輔導轉學。

「社會有社會的法律，學校有學校的校規，法律就是校規的延伸。」韓連忠總經理說道：「但是，學生能救當然是盡量救，要給孩子機會嘛，都唸到高三了，若是轉學的話，又要準備大考，又要重新適應學校，恐怕孩子會自暴自棄。」

「能留下來當然是比較好，我們學校的宗教氣氛好，在神父的帶領下比較有愛心，普遍來說老師年齡也比較大，穩定度也更高。恆毅的學生基本素質比較一致，是個相對安定的環境。」張奇英會長說。

「是啊，所以那個女同學最近搬來我家住了。」

「怎麼回事？」

「有一天我女兒回家，開口就問我能不能帶她的麻吉回來小住，我說可以啊，歡迎歡迎，女兒才解釋，原來那個女同學的爸爸突然把她們母女三人趕出家門，還吵著要賣房子，媽媽帶著妹妹回桃園娘家了，那個女同學因為通勤不方便，想說寄宿在別人家裡。」

張奇英會長搖頭嘆息。「原來如此。」

獅子座的韓連忠總經理具有王者風範，習慣把事情往身上攬，把壓力當作挑戰，他拍拍胸脯說道：「我跟那個女同學說，叫我爸爸沒關係。」

「家庭因素真的很重要，我一直覺得，自己的孩子自己愛，別人也才會幫你愛。所以才加入了家長會。」張奇英會長說。

「對啊，這個年紀的孩子，要是學壞了怎麼辦？功課當然重要，家長都是望子成龍、望女成鳳，但是做人也很重要，父母親就該以身作則成為表率，告誡孩子社會百態。好比一台機車，外觀最好要原裝，看起來忠厚老實，但是性能可以改好一點，用好的零件。孩子們應該要懂得做人，不能沒血沒淚，不一定要飛黃騰達，卻一定要懂得親情孝道，手足之間互相照顧關心。」韓連忠總經理說。

他想起前幾年，有個國中部的女孩素來有對同學動手動腳的壞習慣，差點兒也必須接受輔導轉學的結局。

猶記得那時候，韓連忠總經理對女孩說：「每個人的受教權是平等的，妳在學校就該遵守校規，不可以用這種表達方式，將來出了社會，也不會有人允許妳這樣對待自己。學校願意給妳個機會，讓妳留下來，阿伯給你保證，但是妳一定要改變。」

女孩這才意識到自己的行為有多麼嚴重，經歷了一番懇談，她果然努力改掉惡習，讓學校和家長會覺得網開一面是正確的抉擇。

兩位前後任會長天南地北地聊著，從如何發掘孩子的興趣和特質，說到就學之路怎麼安排，言談之間充滿為人父母的擔憂和期許。

接著兩人話題一轉，又聊起教育制度和整個大環境的改變。

韓連忠總經理認為，公立學校在管理上沒有私校嚴格，老師管了可能帶來困擾，尤其是現代的老師連罵一句都不行，會遭受到輿論抨擊檢驗和教評會的關切，可說是人人自危，孩子還是送到恆毅來比較妥當。

既然把孩子送到恆毅來，就該多盡一份心，參加家長會可以關心孩子、和學校有所互動，還能結識許多好朋友，在遭逢困境的時候有個傾訴的對象，也許能得到答案。

張奇英會長深表同意，而她也覺得，追本溯源，是學校願意提供溝通的平台，才能讓家長和老師之間的關係如此親近綿密。

學校對家長會的重視是有目共睹的，家長會提出的問題學校都會正視，因為相信付出能被看見，所以家長會也願意全力支持學校，在編列預算和籌措基金時份外積極。

例如提供獎學金，甚或給學生謝師宴的補助，家長會都願意慷慨解囊。

不過，家長會傾向於將會費使用在有利於教學和辦公的企劃上，像是陳海鵬校長就任以後，發現校內沒有投影機教學，認為與其花時間寫黑板，不如留時間在講解、發問上。

於是家長會出資六十萬購買了四、五十台平板電腦，接著又花了二十七萬佈置網路電話，方便老師回撥電話給家長，尊重老師工作權和休息時間。

此外，家長會還幫機器人社團出國比賽募款圓夢，更於校門口訂做了一副鋼架看板，讓恆毅中學刊登形象廣告，讓往來人車都能清楚看見繁星上榜的佳績，目睹恆毅師生的努力。

愉快的時光總是稍縱即逝，他們唱歌遊戲、同桌共飲、餵牛賞花，一整天下來，親師旅遊就在眾人體力耗盡、心滿意足之餘結束了。有時候，旅遊的趣味不在於地點是否好玩，而在於是否有契合的同行旅伴。

最後，儘管體能上筋疲力竭，每個家長、老師、學生的心靈都滿載而歸。

恆毅中學第60屆家長會會長、總召與歷屆榮譽會長們。

幸運草讀書會

每週二下午，忠孝樓三樓的輔導處團體諮商室內，總會傳出盈耳不絕的笑聲，若是從走廊經過，還能隱約聞到食物茶點飄散的香味。

民國一百零七年，「幸運草讀書會」已成立了十六個年頭，進入堂堂第三十二期。讀書會的會員們全都是認識多年的好姊妹。

起初，這些讀書會會員都是恆毅中學學生的家長，因為相處得非常融洽，加上讀書會深具質感，無論是老師選書、同學回饋抑或電影評論都非常有內容，彼此總能激盪出共鳴與火花，所以孩子們從恆毅畢業了，這些媽媽們卻還捨不得離開，她們努力從一週的日程表中擠出閱讀時間，幸運草讀書會也源源不絕地持續下去。

「我今天帶了仙草和滷味喔。」

幸運草讀書會上課實況。

「我也準備了餅乾和水果耶。」

午後的教室內，人漸漸多了起來，一位穿著洋裝的女士跨過門檻來到桌邊，看到滿桌的豐盛食物，不住誇讚道：「哇，還切了水果，好賢慧啊！」

語畢，她從提袋中取出好幾個蜂蜜檸檬蛋糕，在教室內繞了一圈，往每組桌面都送上一個。此時，八張原先堪稱寬闊的桌面上，堆滿了大大小小的紙盒包裝、杯子餐具甚至鍋碗瓢盆，連放支筆都得挪挪空間，每個人都迫不及待，想把自己認為的好東西拿出來和大家分享。

她們經常開玩笑，稱幸運草讀書會的座右銘是「書讀不好沒關係，但是一定要吃得好」！伴隨下午茶的電影時光，在笑聲、攀談聲以及享用餐點的窸窣聲中展開，吃吃喝喝是腦力激盪前的暖身活動。

「今天我們要看的電影是《法外見真情》。」陳萬琴老師宣布。

蓄著俐落短髮的陳萬琴老師身穿時髦的黑色無袖上衣與材質柔軟的長褲和涼鞋，是中華民國讀書會發展協會的常務理事兼講師，一身勁裝完全看不出本人居然已有超過二十年帶領讀書會的資歷。

許多年前，恆毅中學邀請陳老師到校演講，主題是推廣讀書會與讀書的益處。由於演講獲得了廣大的回響，當時的圖書館主任乾脆在校成立讀書會，請陳萬琴老師帶領學生家長共讀，每個學期大約讀三至四本書，其餘時間則是電影賞析。

陳萬琴老師對材料總是精挑細選，幾乎都選些赫赫有名的經典名著，例如俄國文學家費奧多爾・陀思妥耶夫斯基的《賭徒》、《罪與罰》，法國作家司湯達的《紅與黑》，或美國作家雷・布萊伯利的反烏托邦作品《華氏451度》。

就連電影也是市場上較為冷門的非主流藝術電影，例如零六年的德國電影《竊聽風暴》以及今天觀賞的《法外見真情》。

「這部由法國導演侯貝・格迪吉安執導的電影原名是『吉力馬札羅的雪』，典故來自美國文豪海明威1936年寫下的名著《雪山盟》，後來法國作曲家根據小說印象，寫下了一首名為〈吉力馬札羅的雪〉的歌，獲選為法國歷年來最受歡迎的十五首情歌之一。」陳萬琴老師為電影作了簡單的開場白導引。

陳老師嫻熟於留白的美感，她不會做過多的預告，以免侷限了大夥兒的想像空間，約束了思考方向，讀書會的重心在於會員彼此間摩擦迸發的火花。

接近牆壁的一位會員按下開關，燈光隨即熄滅，教室內頓時伸手不見五指，真實世界彷彿瞬間抽離。黑幕逐漸亮起，投影光束的粒子綻放在畫面上，所有人調整姿勢，沉入自己的座位內。她們準備好了，準備走進劇情創造的渠道，讓意識跨越橫亙於現實和想像之間的投影布幕。

教室裡拆包裝的、喝飲料的動作趨緩彷彿格放，最後終至停滯定格，眼前的另外一個時空則迅速展開、再展開、擴大、再擴大……

《法外見真情》，片商翻譯的名稱普普通通，不似原名「吉力馬札羅的雪」那般意境悠遠，但並不影響電影魅惑人心的本質。

電影從男主角面臨的窘境切入，他本是中產階級，為了解決工廠的財務困境，由他領導的工會必須抽出二十名資遣工人，他本來可以不必參加抽籤，卻毅然將自己的名字加入籤盒。

接著峰迴路轉，男女主角在結婚三十週年的派對上，得到親友贊助的機票，讓夫妻倆得以實際去非洲看看吉力馬扎羅的雪，也因此種下禍因。

這天，男女主角和妹妹、妹婿在家中打橋牌，卻被蒙面歹徒持槍行搶，機票與現金全被洗劫一空，不僅肉體遭受折磨，精神上對人的信任更是完全崩毀。

男主角很快地發現歹徒竟是昔日同僚，因受邀前來派對，進而對他的財務眼紅。男主角大聲斥責對方，沒想到對方卻反諷辯駁，原來該同僚來自破碎家庭，必須照料兩個未成年的小弟弟，在鄰居眼中是個純良的好人，失業卻讓他一家陷入困頓。

搶匪被捕入獄，兩位小弟弟頓失依靠，男女主角也於是陷入對破碎家庭、勞資矛盾等公義議題的思辨。在一連串內心糾結引發的作為之後，電影以一個看似能暫時解決眼前問題的結局告終，留下許多懸而未決的議題。

《法外見真情》中沒有俊男美女讓觀眾大飽眼福，有的是真實且深刻的生命之歌。大夥兒沉浸在電影充滿衝突的戲劇張力之內，跟著演員笑，陪著演員落淚，偶爾交頭接耳、小聲交換意見，幾度忘了手裡還捧著茶，或是餅乾已經送到嘴邊了呢。

電影落幕後，教室內亮起燈來，霎時間光明大作。嘆息散去，讀書會成員們這才匆匆解決食物，臉上還掛著難以自劇情中抽離的餘韻，久久無法回神。

「這部電影好看嗎？」陳萬琴老師問。

「好看！」會員們齊聲回答。

「所以只要劇本好，角色不美也沒關係，心美人就美。」陳萬琴老師說。

「哪像我們，人美、心也美！」素蓉笑稱。

其他人聞言，忍不住哈哈大笑，方才的落寞一掃而空。

素蓉早在第八期便加入這個大家庭，算得上是開國元老。她的小孩就讀恆毅中學國中一年級時，某日，拿了張讀書會報名表回家，素蓉仔細閱讀，看見選書單中有史蒂芬・金的《四季奇譚》，認為帶領老師應該很有水準，於是喜愛讀書的她便加入了讀書會。現在，她的兒子已經大學畢業、開始工作了，素蓉仍留在幸運草讀書會裡持續精進自我。

第九期加入的百惠，一開始覺得老師的選書難以下嚥，有些大部頭必須努力啃完艱澀的前一百頁才能進入狀況，常常還會因為看不懂，必須重讀好幾遍，才能體會精采的劇情。但是幾年下來，她覺得自己的視野因讀書會而顯著提昇，尤其陳萬琴老師的選書廣度與深度皆相當充足，時而科幻，時而國際化，像是《最黑暗的時刻》、《敦克爾克》、《長日將盡》這類得獎書籍，大大改善了自己閱讀偏食的習慣。

第十七期加入的百合則是在進入幸運草讀書會之前，只會閱讀雜誌或短篇文章。她認為共讀和自己讀書的最大不同在於討論中獲得的感動和啟發，結識了這些好朋友以後，每當生活上遇到低潮，同學的分享總能將書中意義反應在真實人生中，帶給大家美好的震盪。

美利是個安親班老闆，每逢週二下午，她便會放下工作，趕赴幸運草讀書會的邀約。她從前多半閱讀商業管理相關書籍，加入讀書會後，學會了怎麼讀書，從而開拓了閱讀經驗，創造自身的突破。她在以色列小說家艾默思・奧茲的《愛與黑暗的故事》、《地下室的黑豹》等書中認識了以色列，並藉由讀書會的契機主動尋找資料，理解了何謂「以巴衝突」，並更加珍惜台灣的處境。

從作品中反思創作的歷史背景、作者期盼傳遞的主題以及出版後造成的文化影響，進而豐富自身知識，是幸運草讀書會共讀時光的最大收穫。

如《罪與罰》的作者奧多爾・陀思妥耶夫斯基，在該書創作期間，其實生活上屢屢遭受打擊。他的妻子與兄長相繼逝世，而照料兄長家人讓他瀕臨破產，他希望透過賭博來還清債務，卻導致欠下了更多的債而意志消沉。

出版商答應給他預付款，但是要求他要在半年內寫一部長篇小說。陀思妥耶夫斯基當時正在寫《罪與罰》，沒有時間再寫另外一部，但是基於生計，只好以口述方式，同時說三篇不同的故事給三位秘書記錄。而另一部長篇小說離交稿只剩下一個月，他在朋友的介紹下認識了後來成為他妻子的速記學校高材生安娜，兩人以超高效率的工作，一個月內完成了《賭徒》一書，堪稱文學特技。

「搶劫是非常恐怖的經驗，我自己家中就曾經被偷，那時候我一回家，發現房子被翻箱倒櫃，小偷也實在膽大包天，居然用工具把整個大門都卸下來，害我一整個月都不敢自己回家，每天傍晚都要和先生在麥當勞集合。」陳萬琴老師心有餘悸地說。

另一名讀書會會員也談及自己被飛車歹徒搶劫的遭遇，針對劇中人物在被搶後的身體與精神傷害，無論是男主角骨折的手臂，或女主角妹妹的尿失禁，都表現出十足的同理心。

「各位同學注意一下導演的手法，每當拉到特寫鏡頭，就代表一個族群在說話。例如男主角代表有車有房有存款的退休族群，搶匪代表著來自社會底層的年輕人，而女主角則滿懷母愛，憐憫那兩位失去依靠的小孩，所以她後來跑去找孩子們的母親理論。」陳萬琴老師表示。

「喔，原來如此。」

「大家可以想想，抽籤真的是最公平的方法嗎？還有沒有其他更適當的作法呢？」

「也許可以參考出缺勤和工作績效挑選資遣對象？或者，大家輪流放無薪假？」

「很好。」接著，陳老師雙手一拍，說道：「現在給各位五分鐘，每組各選一兩個議題來討論，然後派代表上台跟大家分享心得。」

眾人迅速動作起來，教室內瞬間從寂靜無聲變為熱鬧滾滾，縱然討論的時間相當短暫，但是眾人的默契絕佳，立刻就擬定議題，同時一一表達各自的想法，再進行篩選與整合。

五分鐘後，各組推派一人上場，經過多年的淬鍊，大家都表現得落落大方，談吐也頭頭是道，完全不會怯場結巴。

彩鈺將自己的人生經驗結合電影，談及自己昔日辭去工作帶小孩赴中國與丈夫團圓一事，傳遞「人生是一連串選擇」的概念。

她加入讀書會已經九年了，從一年讀不完一本書，在十幾期的歷練後進步到一個月至少能讀完一本，長足的變化可見一斑。

「善人會有盲點，惡人亦有可憐之處，從電影中看到人性的真善美。」麗雅則替這部電影下了完美的註解。

麗雅的兒子今年大二了，她之前參加過代書媽媽讀書會，進入幸運草讀書會後認為眼界大開，接觸了許多絕版書籍，班上同學更是臥虎藏龍，每次分享時都深刻感受到大家的多才多藝。

確實，不過五分鐘的光景，每組推派出的代表竟然都能侃侃而談，若不是本身擁有豐富的人生閱歷，又怎麼有辦法提出如此精闢的體會與見解？

陳萬琴老師笑吟吟地邊聽邊點頭，臉上寫滿樂此不疲，彷彿她最大的渴望即是在讀書會中與夥伴們互動。其實，幸運草讀書會已經邁入成熟階段，能夠以材料本身帶領，往日那些戶外教學、歲末聚餐等凝聚團體力量的活動已經不再需要。

由於大多數人都捨不得從讀書會中畢業，人數暴增之下，學校特別又在週二上午開了一班「山茶花讀書會」。

本日的幸運草讀書會結束後，當週輪值的值日生協助將教室恢復原狀，不過其他人也沒有閒著，總是幫著搬椅子、擦桌子、收垃圾。關於下午茶備料，人人都願意慷慨解囊，對於收拾善後，人人也都樂於付出。

令人豔羨的好交情進而延伸至日常生活中，輔導處賴玉菁主任曾邀請幸運草讀書會的媽媽們，集思廣益一起來佈置忠孝樓與仁愛樓之間、教室盡頭與樓梯間銜接的角落，希望變成可以讓師生們休息的區域。於是，小玲推薦長期合作的油漆師傅，大家一塊兒決定了淺綠色和淡黃色的組合，以符合學校的清新活力，並將方窗和門框漆成白色，營造出木框的效果。另外還加訂了幾塊空心磚當花架，放上幾盆多肉植物和繪畫，營造出溫馨雅緻的鄉村風格。

最後，原本樹立著許多方便行事裸露水管、外加生鏽電箱和鐵條梯子的潮溼老舊空間，竟搖身一變，成為忠孝樓裡最粉嫩可愛的小角落。

每當幸運草讀書會的成員們行經此地，就會重新溫習起家長之間的姊妹情誼、學校老師的親切協助，以及恆毅中學愛屋及烏，創立讀書會嘉惠學生家長的初衷與持續多年的力挺。

第二十期幸運草讀書會結業式大合照。

第二十一期幸運草讀書會合影。

勇敢

參加科展我驕傲

「怎麼樣？有得佳作嗎？」剛接起手機，林鑫政老師便急忙問道。

電話彼端沒有回應，只聽得見女孩正在拼命做著深呼吸。

呼、吸——

呼、吸——

九零年代上下，林鑫政老師還是剛到恆毅中學任教的菜鳥，女孩則是他班上的學生。在當時，學校表達了希望自然組的老師指導同學參加科展的想法，而林鑫政老師身為恆毅中學校友，又是剛到任的新人，便毅然決然把科展一事往身上攬。

為了將時間完全拿來讀書，學生們大多對科展興趣缺缺，林老師只好找來化學成績最好的女孩，告訴對方：「老師知道妳想要專心用功，沒關係，妳盡量就好，不要影響學業，也不要有壓力。」

經過一番討論，師生倆把科展題目定為「弱電解質溶液的濃度與其當量電導的關係的探討」。確立主題後又花了一個月的時間，進行實驗操作和數據整理，最後編排海報呈現，練習口頭報告。

當天的比賽場地在泰山高中，林鑫政老師在學校還有課，所以無法出席，但是他和女孩講好，若是有得到佳作，女孩就會立刻打電話通知老師喜訊。儘管一個月來師生倆戰戰兢兢，但仍不敢抱持過高的期待，他們認為能拿個佳作就歡天喜地了。

然而，嘴巴上不敢給學生太大壓力，林鑫政老師還是相當緊張比賽成果的，他時不時注意手機有無響起，等了一個下午，終於等到了女孩的來電。

呼、吸—

話筒仍舊傳來沉重的呼吸聲，林鑫政老師的一顆心都要跳到嗓子眼上了，他迫不及待地問：「別賣關子，到底有沒有得佳作嘛？」

「老師……」女孩的聲音在顫抖：「有得獎欸……得到優勝第一名！」

「什麼？YES！」林鑫政老師用力揮出一拳，差點兒把手機也給摔了。「真是太好啦！」

令人開心的消息傳回學校以後，兩人不僅公開接受表揚，校長陳永怡神父也大大讚賞了師生倆。

為了複製這個成功經驗，林鑫政老師從此更是投入科展，連年帶領學生用心準備，也經常獲得榮譽。

然而，應付額外的工作卻讓他忽略了身體健康，有一陣子特別感到心力交瘁，身體也不堪負荷。

為此，陳永怡神父還特別勸林鑫政老師：「你以後帶科展，只要付出六成心力就好。」

陳永怡神父的體貼入微，讓林老師學著不要對自己要求過分苛刻，也令他感佩地記了一輩子。

同一個時期的另外一位鋒頭人物，是日後台灣最大料理生活平台「iCook愛料理」創辦人林宜儒，民國一百零七年，iCook愛料理擁有超過十五萬道食譜，ＡＰＰ手機下載人數超過一百萬，臉書粉絲人數近兩百萬，堪稱台灣最炙手可熱的烹飪互動平台，而這輝煌的成績，可從林宜儒的中學時代說起。

林宜儒是恆毅國中部直升高中部的學生，國二時便參加校內科展，在當時電腦老師伍宏麟老師的幫助下，運用「網際網路資料庫」建置校內成績查詢系統，於校內取得特優成績，並成為參加校際科展的推派人選。

因科展表現優異，林宜儒得到校方賞識，委託他協助建置學校官方網站上的「師生交流留言板」，也首開學校網站有學生與校方溝通之先例。

高一時，林宜儒與幾位同學創辦了學校第一屆「電腦研習社」，更與賴永怡老師以及伍宏麟老師共同舉辦了第一屆校內的「網路連線遊戲大賽」和「小資訊展」，推廣資訊教育，並提升同學的資訊科技素養。由此可見，林宜儒在學生時期便已經在專業領域嶄露頭角。

高中畢業時，林宜儒應屆考取政治大學國際貿易系，後來轉學考進政大資管系，成為前三名成績的學生，大四時順利以推甄第一名成績錄取政大資管系碩士班，日後在資訊領域發光發熱，榮耀母校！

其實，恆毅中學的科展上表現向來都有好成績，時光倒流回到八零年代，在高崇平老師還是學生的時候，也曾經非常熱衷於科展活動，由於

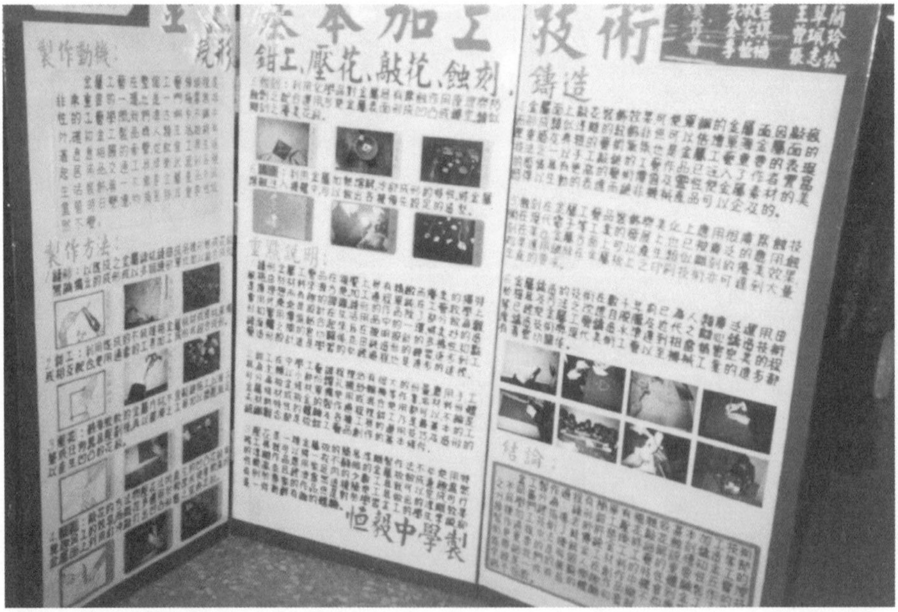

昔日科展作品。

之前幾屆學長們在地球科學的科目上屢得全國冠軍，為了延續恆毅的良好傳統，他曾經整整一個月將全副心力專注於科展上，最後奪得北區優勝和全國佳作的榮耀。

時序回到更早以前，甚至在科展尚未誕生的時候，民國六零年代，恆毅中學的老師們就已經以同樣積極的教學方式指導學生，因而孕育了許多人才。

研究櫻花鉤吻鮭的生態保育專家汪靜明教授是恆毅中學第十二屆的初中部校友，民國五十八年，他在江秋月老師的班上擔任風紀股長，年幼時害羞安靜的汪靜明教授一開始因為管秩序的責任可是吃盡了苦頭。

有一次，江秋月老師問他班上秩序如何，他坦白回答之後，卻被班上同學唾罵：「汪靜明王八蛋！」實話實說為他帶來了相當大的困擾，從此，只要隔天必須向老師報告，汪靜明教授前一天便會戰戰兢兢思索整個晚上，仔細想著該跟老師說什麼？該怎麼說？

後來他研究出解決之道，他靈機一動，把每個人的名字和座號列出一張表格，表格的另一側則列出上課講話、走廊跑步、打架、不帶課本等選項，只要他觀察到有人犯錯，就直接在表格上打勾，以公正、公開的方式進行記錄。

他認為：「我是幫大家服務的，你有覺得不對就來溝通。」

以表格的方式管理秩序後，班上再也沒有人有聲音，整個班級也養成了循規蹈矩的風氣，到了高三，同學們覺得效果很好，還要他繼續當風紀股長，汪靜明教授卻說：「我不想連任了，風紀是站在台上看同學念書，你們看的是書，我看的是你們，我也要念書了。」

回顧初中生涯，汪靜明教授非常感謝教生物的陳寶花老師，陳老師做實驗仔細，教學也很仔細，影響了他對生物課的專注與投入。

「不錯喔，你怎麼會這樣問？」每當他提出疑問，陳寶花老師就會誇讚他，並且不厭其煩地為他解惑，從來不會因為與考試無關而拒絕回答。

「我在野外看到的。」汪靜明教授在泰山的溪邊長大，大自然引發了他的很多好奇心，他也很敢發問，總是拿自然界觀察到的問題來問老師。

因為陳寶花老師幾乎都能予以解答，所以汪靜明教授將生物這門科目融會貫通，後來更學以致用。

汪靜明教授也非常感謝教導國文的李遵信老師，李老師向他灌輸了「起、承、轉、合」四段式作文的概念，讓他從對國文陌生到可以寫出像樣的文章，後來高中聯考和大學聯考，國文都奪得高分，李遵信老師功不可沒！

只要對於學習成長有所幫助，無論老師告訴他什麼，他都會努力實踐。汪靜明教授覺得，一路從不會到會，再到熟悉與熟練，最後產生自信，這正是學習的過程。

例如擔任風紀股長時，他扮演一個規範的角色，採取資訊公開平台，協助規範了自習課。讓同學們習慣這樣的方式並且自動自發，然後都能考上好學校。

例如上生物課時，學習到長期觀察與進行實驗的耐心和毅力。

例如上國文課，奠定的國語文能力和作文基礎。

又例如班導師江秋月老師嚴格的規範和用心的陪伴，讓他明白恆毅中學是一個認真辦學、培育人才的地方。初中時期好比矯正牙齒，江秋月老師則成就了學生們一口漂亮的好牙。

汪靜明教授相信就算是很怕的東西，克服以後也能變成強項。例如以前面對異性會感到害羞，生活中只有媽媽和姐姐，恆毅和建中又都是男校，面對女生會自動別開視線，後來他成為師大生物系教授，多年來帶出六十個碩士、博士，其中不乏優秀的女孩子。

而初中時期的養成，也讓他日後在進行生態保育工作、參與國家重大決策時，以資訊公開的方式接受檢驗，避免話語被扭曲而產生誤會。

現在汪教授六十二歲了，開始慢慢找回恆毅中學時期的老同學。

「毛蟲有分一齡、二齡、三齡、四齡、五齡，就像人的每個階段都有所不同，四十歲以前拼事業，五十歲左右會開始想要找回童年。當毛毛蟲結成蛹時，每個蛹都是不動的，你不可能把它剪開，但是破繭以後，也許公的遇到母的可以交配。好比我學生物、你學醫學，也許在專業上可以有所結合。」

醫生醫人，獸醫醫動物，研究生態則是醫治大地。汪靜明教授感念昔日恩師的栽培，目前致力於整合所有資源，與昔日同窗一塊兒為我們的生態奉獻一份心力。

除了科展，校內日常也展出美術或社團成果。

國三祈福禮

梅雨季即將到來，潮溼的空氣中帶有濃厚的泥土與水溝氣味，在如此鬱滯的氣候裡奮發用功、準備應考著實是個折磨。然而，會考好比人生階段性的馬拉松，即使再怎麼疲憊，愈是接近終點，就愈得振奮精神，千萬不得功虧一簣。

懂得國中學子們的心理，恆毅中學特別在每個下學期舉行「國三祈福禮」，盼望藉由儀式祝福，鼓舞勤勉的國三應屆畢業生。

民國一百零七年，午後的活動中心已經佈置完畢，舞台右側放著一座三層奉獻檯，檯面上點燃了白色蠟燭，燭火綻放出聖潔明亮的光芒。正中央則擺放了原木雕刻的讀經架，讀經架的後方矗立著一柄金色十字架，為替代聖壇的概念。至於舞台左側，則有一幅「主顧聖母」聖像。

司儀就定位後，活動中心內響起優美的旋律，在被翻唱了無數次的〈You Raise Me Up〉歌聲中，國三各班學生魚貫

藉由奉獻校徽、書包、弓箭……等10樣物品，祈求天主接納我們誠心的祈禱，降福給所有準備會考的國三考生們。

走入準備妥當的禮堂。

他們一一將班級準備奉獻的物品置於鋪著粉色桌巾的長桌，有蠟燭、校徽、書包、弓箭、鉛筆、蘭花和代表「包高中」的包糕粽餐點禮盒，隨後找到自己班級的座位並依序入座。

其中最為特別的是，國三智班的隊伍以張玉玫老師的輪椅為首，學生們一路幫老師推著輪椅，簇擁著因腳部石膏而行動不便的張老師走向座位，充分展現出助人為樂的熱忱以及對班導師的關愛。

緊接著，各處室主任、家長會代表與校長也陸續抵達會場，歌聲漸歇後，儀式正式開始——

投影布幕上播放起聖經選讀的小故事，故事淺顯易懂卻富含寓意。接著，江神父為大家帶來一番勉勵的話語，然後發下祈福卡，讓國三學生們在卡片上寫下對自我的期許以及對未來的期望，再統一收回各班用來收納的竹籃內。

這時，司儀請各班禱詞代表上台，依序朗誦出各自的禱詞……

「慈愛的天父，三年前，在這同樣的地方，但不同的心情，讓我們無後顧之憂的面對。請天主保佑我們這準備已久的考試，讓我們繼續往前方邁進，走得更遠，阿們！」

「親愛的天父，請祢引領我們，拋開過去的迷惘，掙脫稚氣，以沉穩之心面對挑戰不再懷疑，奮起振翅高飛，飛向我們憧憬的藍天，阿們！」

「親愛的天父，會考即將到來，為此，同學們已努力許久，求祢賜予我們健康的身體，順利的考運，讓我們能充分發揮實力，使幾個月來的努力不會徒勞，完成心裡的目標，阿們！」

在智、義、勇、節、信、望、愛、真、善、美、聖、誠十二個班結束禱詞之後，各班代表與家長代表手捧方才放置在長桌上的奉獻物品，兩兩並肩排列，一行人自走道穿越人群，踏上兩旁裝飾著小天使的階

學生撰寫祈福卡片，未來志向躍然紙上。

梯來到舞台，最後將奉獻物品安放在奉獻檯上，接受神父的降福。

江神父以樹葉沾聖水灑在奉獻物品上，聖水是被神父或主教祝聖過的水，在天主教禮儀中，「水」是聖事的標記，有洗滌、滋潤、灌溉的意義。

在校長送上祝福的時刻，教務處的謝怡靜主任站在場邊靜靜聆聽。

謝怡靜主任在擔任班級導師期間，深知中學時期的青少年內心多麼糾結徬徨、多麼依賴同儕友誼、又有多麼排斥權威。不過，謝主任也自有一套因應作法。

猶記得她為了讓學生和家長親子之間的感情加溫，特別舉辦親子旅遊，正值青春期的孩子特別有個性，和父母總是話不投機半句多，謝主任便強迫家長參加旅遊，努力幫孩子跟父母穿針引線。

沒想到效果好得出奇，一整天下來，到了晚上，國二男生們居然可以和父母手牽著手去夜遊。

謝怡靜主任還曾以「週記」作為學生與父母溝通的橋樑，她將每個禮拜的週記訂定題目，主題則繞著家庭打轉。

例如「父母是怎麼認識的」讓學生去訪問家長，多多了解自己的爸爸媽媽；「父母在自己身上花了多少錢」讓學生了解養兒育女的不容易；「曾經生過什麼病，讓父母擔憂到不敢睡覺」則是讓學生發掘父母親對自己的愛護；「寫一封謝謝母親的信」讓學生有機會表達對家長的感謝。

幾個學期下來，效果十分顯著，學生們的思考會趨於成熟，待人接物也會細膩許多。

此刻，祈福禮儀式進行到家長會長獻上祝福的階段，陳海鵬校長展現紳士風範，迎上前去護衛穿著洋裝的張奇英會長，一同步上沒有扶手的階梯。

而張會長則在賀詞的最後，以一席風趣的祝福博得學生們的熱烈掌聲——

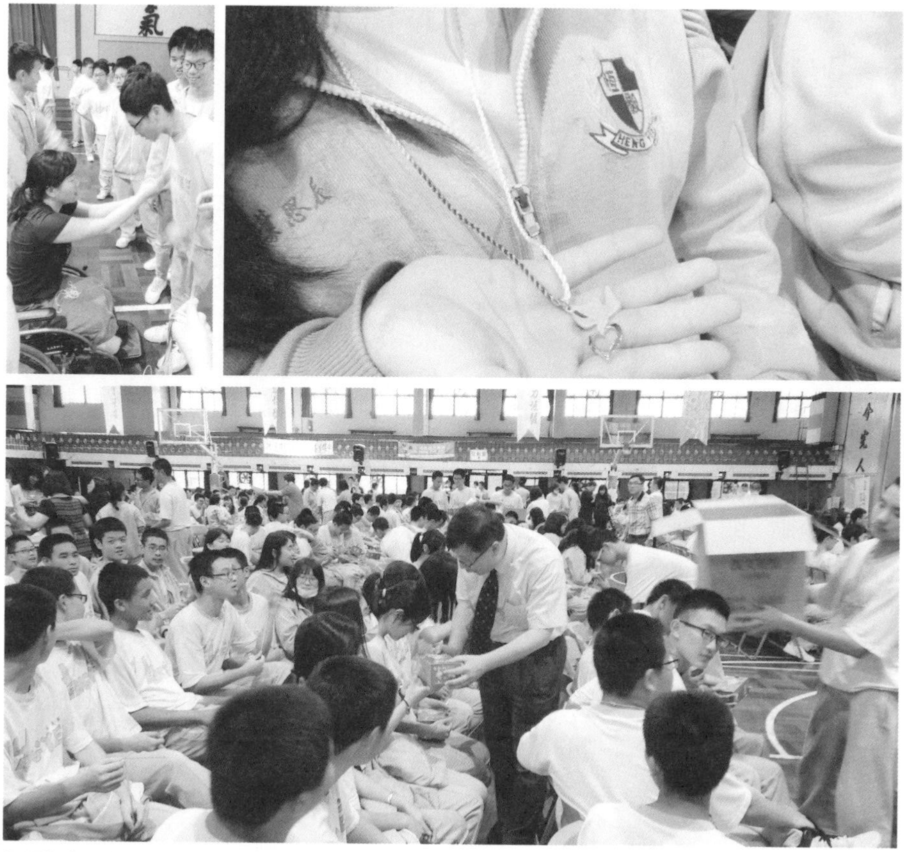

師長們為學生戴上蘊含濃厚情義的鴿子項鍊。

「請各位務必吃好、喝好，屁股坐穩一點，有句話說屁股坐得愈穩，成績愈高。只要你不放棄自己，任何困難都難不倒你，會長祝福各位會寫的題目全寫對，不會的題目全猜對！」

頓時，活動中心內歡聲雷動。

司儀繼續往下主持：「致贈神聖之心。」

在身穿純白色衣裙的修女協助下，張奇英會長把裝有「神聖之心」的紙提袋交給各班的班級代表。

所謂「神聖之心」，就是垂掛著鴿子墜飾的項鍊，班級代表們領過提袋，走下台階後回到班級座位區，將「神聖之心」交給各班老師，由老師一個個幫學生套上項鍊，同時送上幾句叮嚀。

此時，國三智班同學們自動自發排成一列隊伍，走向坐在輪椅上的張玉玫老師，貼心地不讓老師起身奔波。

為他人繫上項鍊是一種親暱的舉動，是類似交託信物的行為。國三班級的導師們親手替每個悉心照顧了將近三年的孩子掛上「神聖之心」，祝福中隱約夾雜即將離別的傷感，成為祈福禮儀式中互動最為深刻的部分。

儀式進入尾聲，最後學校發放「包糕粽」餐盒，黃澄澄的餐盒好似閃閃發亮的金磚，希望每位國三學生都能「包高中」。

包子，代表「包好運」；蛋糕，代表「步步高」；狀元糕，代表「狀元及第」；而粽子，則代表「必考中」。

導師們發下餐盒，國三智班則由陳海鵬校長和張奇英會長代勞，學生們一拿到包糕粽餐盒馬上開心地吃了起來，有人啃包子，有人大啖蛋糕，一時之間活動中心內恢復了往常下課時間的喧鬧。

恍惚中，那首感染力十足的〈You Raise Me Up〉彷彿再

國三祈福禮，家長會贈送學生「包高中」禮盒，希望學子們會考順利。

度繚繞耳畔……

You raise me up, so I can stand on mountains;
你鼓舞了我，所以我能站在群山頂端；
You raise me up, to walk on stormy seas;
你鼓舞了我，讓我能走過狂風暴雨的海；
I am strong, when I am on your shoulders;
當我靠在你的肩上時，我是堅強的；
You raise me up, To more than I can be.
你鼓舞了我，讓我能超越自己。

撼動人心的歌詞與經過祝聖的「神聖之心」一同隨著學子們的胸膛起伏，伴隨他們的呼吸，融入他們的心跳，像是不斷提醒著他們：「你是受到祝福的！」

註：民國一百零七年，恆毅中學參加教育會考大放異彩，5A++共有八位，5A以上共五十五位。

愛國歌曲比賽

週六的凌晨三點，天空一片漆黑，世界陷入沉睡。

微風偶爾掠過樹梢，引起婆娑的葉片一陣呢喃，若非頭頂上的黯淡的月光緩緩潛行，可能會以為時空在恆毅中學的校園裡是凝滯不動的。

除了微乎其微的騷動，在這片近乎永恆的靜謐之中，幾道細碎的腳步聲將凝結的世界撬開一道缺口，是三個歡快靈巧的女孩兒。

女孩們踩踏著帆布鞋子，興沖沖地闖入恆毅校門。

「警衛伯伯，」女孩以拔高的聲線嚷著：「我們班早上要練習愛國歌曲比賽，我們先來佔位子！」

警衛室內，值班的大叔瞅了手錶一眼，道：「小姐，現在是半夜三點哪！」

「再晚怕搶不到地方嘛。」女孩撒嬌。

「進去吧，自己注意安全！」值班警衛苦笑著搖搖頭。

他懷疑這幫青少年有源源不絕的生長激素在撐腰，明明是大半夜的，居然一個個雙眼清亮，完全沒有一絲疲倦的跡象，好似都不必睡覺，果然是青春無敵啊！

「謝、謝、警、衛、伯、伯！」女孩們大笑著衝進學校。

「什麼伯伯？我是大哥啦！」值班警衛望著她們的背影喃喃自語。

愛國歌曲比賽曾是恒毅中學的重要活動之一，邊行進邊唱歌考驗著全班同學的默契和團結精神。

再過一個月，愛國歌曲比賽的日子就要來臨，為了促進學生五育均衡發展，並培養其榮譽心和守時觀念，激勵團結合作的精神。恆毅中學特別安排高一、高二的班級參加比賽，各班級也無不卯足了全力，希望贏得一面獎牌。

已退休的李遵信老師曾說，愛國歌曲比賽活動起源自教育部推廣愛國教育，於是軍訓處拿救國團做示範，教官們可以到救國團找資源做訓練。至於學生熱衷的原因應該是想要把握難得能發揮創意的機會，愛國歌曲比賽讓青少年們擁有聲張自我的空間，平常那些愛搗亂的學生為了爭取殊榮，嚴謹的紀律超乎李遵信老師的想像，令他至今仍記憶猶新。

此項延續幾十年來的傳統，讓同學們除了平日下課時間，連週末放假的日子也善加利用，無奈適合練習的場地必須地面平坦、空間夠大，放眼望去，學校裡也只有排球場和籃球場了。參賽班級加起來一共有十幾個，兩座球場卻只能塞進四到五個班，僧多粥少之下，當然得早點來佔位子囉！

三名女孩就住在學校附近，班上同學約早上八點集合，委託她們提早來佔地方。女孩們本是好友，乾脆半夜到籃球場上坐著聊天，反正她們有揮霍不完的精力，這麼一來，也不致於辜負了同學們的交代。

「聽說隔壁班約好要去中正紀念堂練習耶。」

「這麼拚？不過我還是對我們班很有信心。」

「對啊，我們這麼用心編排隊形和走位，道具組超級認真，我們不是還要在臉上印國旗貼紙、在身上綁國旗布條嗎？」

「噓，那是秘密，不要講那麼大聲！」

「三八，現在又沒有人，誰會聽到？對了，妳們知不知道，今年哪個老師是暗樁啊？」

「那天我好像瞄到體育老師走過操場，一邊偷看人家練習，一邊手裡還拿了一塊計分的板子……」

每年愛國歌曲比賽前，學校都會私下安排評分老師觀察學生練習，然後選出精神總錦標頒發獎項。精神總錦標代表各班在過程中付出的努力，是對班級的最好肯定，學生們通常都相當珍惜。

在有一搭沒一搭的閒聊中，天色逐漸亮了起來，恆毅校園正上方的天空從墨汁般的漆黑淡化為深藍，然後漸漸地轉為銀白。上午八點，班上同學們準時全員到齊。

「雄壯、威武、嚴肅、剛直…」吶喊的口號威震八方，歌曲的音調響徹雲霄。

由於比賽歌曲分為指定曲以及自選曲，指定曲通常是校歌和傳統愛國歌曲，自選曲則可以是民歌、流行歌曲或組曲。

女孩們的班級挑選鄭智化的經典國語老歌〈水手〉為自選曲，搭配多種變化隊型，充分展現蓬勃朝氣與青春活力。

此時此刻的球場上，精神抖擻的清亮歌聲彷若引信，瞬間引爆同學們的滿腔熱血，——

「風雨中，這點痛算什麼？擦乾淚，不要怕，至少我們還有夢……」

母親節歌唱比賽是年度重要賽事，各班級無不卯足全力。

校慶越野跑，衝哪

又到了一年一度的「親師生越野賽跑」。每年十二月初，校慶的那個週三下午，便是全校家長、老師和學生們共襄盛舉的重要活動「越野賽跑」。這一天，所有恆毅人會集結起來，從學校坐遊覽車出發前往大漢溪畔，或是慢跑或是健走，自新海橋沿著河堤前往華江橋，全程三點四公里。

和煦的午後陽光撒落草尖，讓碧草如茵的河堤洋溢著一層蜂蜜色的閃爍金光，此時，學生們邊走邊嬉鬧，雀躍的心情好比郊遊。對於能暫時離開教室、伸展筋骨，大家都顯得興高采烈。

糾察隊也已經在現場嚴陣以待，配合教官和學務處杜天佐主任的指示，幫忙指揮交通或是進行其他服務。

「同學，往那邊走喔！」一名糾察隊員站在定點指引方向。

另一名隊員則不停以手勢告誡同學們：「後面的不要脫隊！」

杜天佐主任非常鼓勵學生參加糾察隊，他認為中學生不該只會讀書，獨善其身之餘，也應該兼善天下，學習服務別人。

偶有遇到學生喃喃抱怨很累，杜主任便會回答：「累什麼累？只要把時間區分好就好了，可能你浪費掉的時間比服務的時間還多！」

高三信班鄭立傑同學也是糾察隊的一員，光是他們班上，就有大隊長、中隊長、小隊長和行政官等各種不同階級的糾察隊。

在他心目中，執勤是一種特別的體驗，畢竟自己的行為一定要端正，才有資格管理別人。所以，糾察隊的生態其實是超乎想像的嚴謹，在教官的管束下，他們必須學習完全服從。另一方面，脫下了制服以後，他們又和其他學生沒有兩樣，以平常心看待糾察服務，並不會因此有優越，覺得糾察隊高人一等。

大夥兒陸續抵達起跑點，此刻的河堤邊，亮紅色充氣拱門下擠滿了身穿校服的恆毅學生們。眾人蓄勢待發，當代表「開跑」的槍聲響起，剎那間，就像菜籃族衝向大減價的賣場一樣，所有人拔足狂奔了起來。

「嘿嘿，我有準備秘密武器的喔！」一名高三智班的男同學拿出幾段金屬，迅速組裝了起來。

「是滑板車？」女同學驚叫。

「而且是電動的喔，防水等級，螢光邊條，

糾察隊總是在校際活動中擔起維護秩序的重責大任，在學生眼中，這群身穿制服的同學身分類似教官。

陳永怡神父鼓勵運動，校慶越野賽跑是全校師生期待的重頭戲。

續航力達四十公里。」男同學洋洋得意地亮出準備好的「秘密武器」。

原來，他把電動滑板車拆解成好幾個部分帶來學校，然後在使用前重新組好，這樣就能以最省力的方式一路「滑」完三公里多的路程。

「想得美！」智班導師徐文彩老師突然自身後冒出。

「呃，老師？」男同學一見老師臉色，直覺大事不妙。

「把滑板車交出來。」徐文彩老師伸出手。

「老師妳這是搶劫嘛……」男同學嘆了口氣，卻只能乖乖遵命。這下子聰明反被聰明誤，只得靠自己的雙腿賣力向前了。

徐文彩老師則笑咪咪地往電動滑板車上一跨，不費吹灰之力就能自動前進。有了方便的代步工具以後，徐老師決定鼓舞一下學生們的士氣。

「高三智班的同學們，不可以比我慢喔，比我慢的人要扣操行分數。」她大聲宣布，一邊卯足了勁猛催油門。

「啊！快溜哇……」智班同學們一窩蜂地突破重圍，快步衝到人群最前方，引來其他班級側目。別班同學那不解的眼神像是在說：「真奇怪，為什麼他們要跑那麼快？」

隨著距離與起跑線愈拉愈遠，慢跑隊伍也愈拖愈長，大隊人馬的中段，高三信班同學們分成好幾個區塊：一群女生打打鬧鬧地快步往前，談天之際不時迸出青春洋溢的歡笑聲；另一群男生則玩起了「鬼抓人」，他們在人群裡爭相逃竄，擔任「鬼」的同學則在後方死命追逐。

「抓到你了，換你當鬼！」一個戴眼鏡的男生往另一個平頭造型的男生肩上一拍，隨即轉身就跑。

「可惡。」平頭男孩回過頭去，不小心和另一個女孩撞個正著。「啊，對不起！」

他們不畏冬陽熱情的擁吻，跟隨隊伍移動的同時還能玩鬼抓人。遊戲如火如荼地進行著，男同學們玩得很起勁，旁人也看得很開心。

在完成一半的路程後，大夥兒開始覺得累了，於是，其中一名同學試圖攔截騎腳踏車巡邏的糾察隊員鄭立傑，死皮賴臉地說：「你騎車載我，好不好？」

「好啊，但是萬一教官抓到，我就說是你挾持我的唷。」鄭立傑打趣道。

「切。」對方白他一眼。

幾公尺外，不曉得是誰想的點子，一群男生竟然提議玩「蘿蔔蹲」，彷彿擁有宣洩不盡的體力。

「徐浩洋蹲、徐浩洋蹲，徐浩洋蹲完陳思佑蹲！」

「陳思佑蹲、陳思佑蹲，陳思佑蹲完楊士賢蹲……」

儘管氣喘吁吁，膝蓋也有點顫抖了，他們依然邊走邊玩遊戲，邊蹲邊喊口號，顯得樂此不疲。有人打鬧嬉笑，有人步履蹣跚，在大隊人馬的尾端，幾名高三義班的同學們腳步逐漸落後。班導師溫旺盛老師頻頻催促：「搞什麼？十七八歲的高中生，怎麼跑那麼慢？」

「老師，妳高中的時候是田徑隊的耶，怎麼能比啊？」學生們哀號。

「你們幾歲？我幾歲？」溫旺盛老師臉不紅氣不喘，她可以繞圈跑、原地跑，甚至在人群中來回小跑步敦促自己的學生：「快點動起來，只要我跑得完，你們一定也跑得完。」

學生們見到老師親力親為，以自身作為榜樣，只好重振旗鼓，免得被人家嘲笑是「奧少年」。

「老師，要不要來比賽？一句話！」有人向溫老師放話。

「來呀，你不要跑輸我就好。」溫旺盛老師挺起胸膛，挑起的眼眉浮現「誰怕誰」的神情。

「衝哪！」那名學生一馬當先，往人群前方擠去。

溫旺盛老師莞爾一笑，既然學生當真了，她也只得捨命陪君子啦。緊接著，溫老師邁開步伐，和學生在步道上競相追逐，賣力跑往終點線。

河堤旁盈滿笑聲，在這個陽光明媚的下午，波光粼粼的大漢溪旁，活潑可愛的恆毅學子替翠綠的河岸抹上青春的顏色，越野跑活動也讓這平凡的午後顯得意義非凡。

最愛就是游泳課

課堂時間的恆毅校園裡總是肅穆而規律，滴答滴答，彷彿節拍器持續響著，以某種固定的節奏演繹人生。

鐘聲則是一道清楚的分野，將上課與下課一分為二，將兩者區隔為截然不同的曲目，若前者為士氣高昂的進行曲，後者就是以狂亂的自由拍組合而成的即興爵士樂。

現在是上課時間，靜謐的校園裡卻傳出陣陣奇特的歡快笑聲，彷若打亂原有正常拍子的切分音。若是循聲而至，將會發現嬉笑來自恆毅樓的溫水游泳池。

體育課應當是所有學生最喜歡的課程了，而所有體育項目中，自由度最高、能抵抗室外酷熱的游泳課則名列前茅。

恆毅游泳池的落成讓恆毅學子得以上游泳課，就連隔壁新莊國小的學生也會來商借泳池。

這個炎熱的午後，高三智班迫不及待地衝進泳池褪下衣物，換上泳衣泳帽，再也沒有其他事情比泡在清涼的水裡更消暑、更享受了。

救生員的目光定定地凝視水面，隨時保持高度警戒，防止意外發生。有些同學真的在認真游泳，但泳池內也不乏群聚玩水的學生。幾個男孩在水深僅一百公分的兒童池內拋接充氣海灘球，玩得不亦樂乎。

徐浩洋從就讀恆毅國中時期就是個鬼點子特別多的學生，他曾經故意將竹筷放入礦泉水瓶內，然後連續擱置好幾個月，觀察礦泉水如何變臭。他也曾經故意把同學的東西藏在天花板上，讓人家遍尋不著。有一次，徐浩洋和國中同學們把大家的悠遊卡收集起來，黏成一張八開大的塑膠板，然後拿去操場耍著玩。事後回想起來雖然荒唐無稽，卻充滿了無窮的趣味，也是最單純無瑕的少年時光。

約莫國二的時候，徐浩洋對讀書相當反感，他整天玩、整天混，班導師陳麗華老師便祭出因應對策，故意天天把他留到晚上八點，有時候是要他打掃環境，有時候是強迫他自習讀書。

為了不再被老師剝奪放學後的時間，徐浩洋屢次提醒自己遵守班規，作業按時繳交、上課不打瞌睡，常常撐到週五最後一節課的最後一秒，他不小心鬆懈下來，話語便自動從口邊溜出，導致整星期的努力功虧一簣。

直升恆毅高中部以後，徐浩洋回首過去，才驚覺陳麗華老師用心良苦，也認為自己太調皮了。

數年後他已然成熟許多，然而骨子裡的淘氣仍時不時地有所發揮，例如校慶越野賽跑的時候，例如游泳課。

「喂，來溜滑梯囉！」

徐浩洋和同學從游泳池畔拖來兩張長椅，一張架在岸上墊高，一張拉進兒童池裡權充溜滑梯，一群男生就這麼玩起自製的滑水道來。

隔壁成人池內，則上演著宛若戶外競賽節目的戲碼——

戴若芸和幾個同學把長寬約一個榻榻米的海綿軟墊鋪在水面上，連續鋪上四塊，然後輪流從岸邊跳上軟墊，以最快速度衝往前方，表演「輕功水上漂」，看誰能率先成功達陣。

隔壁漂浮著另外一塊海綿軟墊，好幾個人你推我擠，想辦法同時爬上軟墊，過程中頻頻翻船，笑聲不絕於耳。

救生員苦笑著搖搖頭，也許在適度發洩精力之後，這些孩子們讀書會更為專注、晚上也更容易入睡吧？

隔宿露營，野炊，熟了嗎？

「外出過夜，我絕對不能沒有我的小被被。」女孩神秘兮兮地敞開背包束口，露出粉紅色被褥一角。

「我帶了餅乾。」坐在她隔壁座位的同學從自己的行李中掏出一包乖乖。

「愛吃鬼。」女孩順勢一把搶來。

「居然說我愛吃？那妳就不要分啊！」對方悶哼兩聲，隨後拉起行李袋拉鍊，卻驀地喊道：「啊，慘了，我把盥洗用具放在房間桌上，忘記放進包包裡了……」

「我的借妳啦。」

遊覽車上，同學們的驚呼和歡笑聲此起彼落。

六輛遊覽車從恆毅中學出發，準備北上前往新竹橫山的萬瑞森林遊樂區，進行為期兩天一夜的隔宿露營。恆毅國中部的學生們對這難能可貴的外宿機會早就期待已久，聽說可以學習搭帳棚、綁繩結，還有野炊、營火晚會等活動。儘管聽起來有些難度，但只要能和好朋友共度兩天一夜，暫時遠離書本與課業，國中生們立刻把所有煩惱通通拋諸腦後。

七零年代上下，恆毅中學曾一度將隔宿露營活動拉回學校辦理。當時的訓導處李遵信主任還特別申請經費購買帳棚，童軍老師則預先把童軍團訓練好，協助同學們搭帳棚，大夥兒就夜宿於學校操場上，野炊則在籃球場的水泥地上。

夜裡的營火晚會，李遵信老師從救國團學來一套特技：他從篝火的柴薪之間拉了一條鐵絲到活動中心屋頂上，然後掛了類似酒精的物質，在晚會的高潮時刻，請人點燃屋頂上的酒精，轉眼間火苗沿著鐵絲往下滑落直至篝火，在學生們的歡呼聲中，營火迅速燒旺起來，視覺效果非常驚人。

不過，在大多數八零年代學生的記憶中，隔宿露營通常還是委外給旅行社辦理居多。到了九零年代，學校將隔宿露營活動交由校內童軍團規劃，由高中幹部們為主，國中童軍社成員為輔，將整個國二區分為兩梯次，舉辦每梯六個班級、三百人的大型活動。

「到了，下車了。」

遊覽車依序停妥，學生們雀躍地跳下了車，萬瑞森林遊樂區有如世外桃源，放眼望去是一片花木扶疏的綠意，蟲鳴鳥叫不絕於耳，令長年身處於車水馬龍都市內的國中生們耳目一新，心情也跟著放鬆起來。

「聽說這裡有山訓場欸。」

「山訓場？那是幹嘛的？」

「就是教官用來虐待、凌辱、壓榨我們的場地啊。」

「你不要亂說啦。」

「是我哥告訴我的，你不知道隔宿露營是怎麼回事對不對？」

此時，童軍團的高中學長姊們打斷國中生的竊竊私語，將他們全數帶往團本部進行安全宣導。

輔導長告訴國中生們，每個班就是一個「團」，然後將每七個人分為一個「小隊」，並指派國中童軍社成員，擔任每隊的小隊長。若是遇到國二生中有硬要唱反調的孩子，團長就會請小隊長去和那些同學「搏感情」，將他們安撫下來。

按照流程，開場白後緊接著會讓大家學跳舞和學搭帳棚，然後是便當時間，下午則進行闖關大地遊戲。所有環節都經過詳細的沙盤推演，這屆童軍團高二幹部一共有七人，他們各司其職，聯隊長負責統籌，是類似PM的工作；公關長負責打理與老師們的關係、聯絡學長姊以及找資源；活動長必須負責編舞，還得教會所有童軍團的高一團員，再讓高一學弟妹去教國中部童軍社社員；器材長負責所有器材設備，還要教大家怎麼搭帳棚、打繩結；輔導長類似司儀，必須維護安全；文書長負責所有海報文宣，另外還有輔幹，也就是輔助幹部，則必須從旁協助所有事務。

童軍團以完善的階級制度分層負責，全盛時期國高中部加起來多達六十人，這樣的訓練讓團員們培養出做事情的縝密和周全，畢竟出門在外，必須對三百個國中生的人身安全負責，那可不是開玩笑的！

公關長印象最深刻的意外狀況，是走在荒郊野外突然下起雨來，他們必須臨時換成雨天備案，讓三百個人狼狽回頭，帳棚也不能睡了，大夥兒非常克難地擠在禮堂內睡睡袋，那情況好比新聞畫面中的難民營，根本不可能睡得著覺。

「趕快，吃完的便當盒堆到塑膠袋裡，然後各個小隊準備集合！」中午草草吃過便當後，輔導長高聲宣布。

這個下午真是體力和意志力的嚴苛考驗，大地遊戲的闖關關主就是童軍團的高一生，關主們一會兒要國中生攀高，一會兒又要他們蹲低，恆毅國中生們在高空索橋、攀岩場以及垂降場內奔波，簡直好比提早接受當兵操演。

一個下午匆匆而過，到了傍晚，每位同學都渾身大汗並且飢腸轆轆的時刻，老師們卻發下肉片、青菜和雞蛋等食材，要學生們自己想辦法變出一桌能吃的菜。

「我從來沒有進過廚房欸。」一個男同學望著眼前的電子瓦斯爐發呆。

「沒關係，我看我媽煮過很多次，反正通通倒進鍋子裡炒一炒，應該就會熟了。」另一個男同學樂天地回答，隨後捧著整把菠菜走向水龍頭，開始清洗菜葉。

李遵信老師在七手八腳忙著下廚的各組之間輾轉走動，他提醒道：「煮出來的成品要打分數喔。」

位在角落的組別已經炒好了第一道菜，那是由玉米粒、豌豆和胡蘿蔔丁組合而成的清炒冷凍三色豆。擔任大廚的同學貌似頗有兩下子，炒出來的三色豆粒粒分明，還浮現一層清亮的油光。

「來，吃一口，看看味道如何？」大廚以湯匙挖起一杓三色豆，邊說邊往站在一旁的女同學嘴裡送。

「不不不，還是他吃好了。」女同學攔下湊巧經過的男同學。

家政課時學習烹飪，讓學生們在隔宿露營時能獨當一面。

「你自己幹嘛不吃？」男同學乖乖張開嘴巴。

「因為我從頭到尾都站在旁邊看呀。」女同學笑嘻嘻的說。

「太鹹……」男同學咬了兩下。

「不然鹽要加多少？」大廚拎起整包鹽，面露困惑神色。

「呸！」男同學後突然吐出滿口稀爛的三色豆。「喂，根本沒有熟嘛！」

「那再回鍋炒一炒。」大廚睜著無辜雙眼，聳肩回答。

相隔幾公尺外，簡惠眉老師正在監督班上男同學切菜。她雙手叉腰，盯著手持菜刀的同學，愈看眉頭愈是糾結。

「這一團黑黑的是什麼啊？」她問。

「洋蔥炒雞肉……」學生支吾其詞。

「唉呀，都『臭灰搭』了啦！這不能吃了，吃了會致癌，趕快把鍋子重新洗一洗吧。」簡惠眉老師交代。接著，她又走向下一組，看到學生正在切菜，不解地問道：「你怎麼從中段切？這個菜梗是最好吃的，你都不要了？」

「在家媽媽都這樣切啊。」學生回答。

「真可惜耶。」簡老師嘖嘖搖頭。

這時，一名女同學湊上前來，手裡還端著一盤番茄炒蛋。女同學對簡惠眉老師說道：「老師，我們炒得不賴？要給我們加分喔！」

簡惠眉老師低頭一瞧，盤中菜餚真是慘不忍睹，番茄糊成一團，炒蛋則微微燒焦。

「吃一口嘛。」女同學央求。

「好吧。」簡惠眉老師勉為其難地挾了一口塞進嘴裡。「嗯，雖然稱不上色香味俱全，至少通通都有熟，過關！」

「耶，謝謝老師！」女同學蹦蹦跳跳地離去。

嚥下口中的炒蛋後，簡惠眉老師長長地吁了口氣，幸好大鍋飯早就煮好了，隔宿露營開的菜單也很容易，即便煮壞了也不會太難吃。

最後，冠軍由一組純男生的組別獲得。

他們以創意擺盤取勝，那端出的洋蔥番茄炒蛋上飾有一對男女娃娃，分成兩半的蛋殼是腦袋，洋蔥鬚是男娃娃的頭髮，彎彎翹翹的青蔥鬚則是女娃娃的頭髮，模樣相當逗趣。

晚餐過後，緊接著是最讓同學們期待的營火晚會，為了贏得獎項，恆毅中學的國中生們早在童軍課時就認真編舞、排練，冀望能在今晚拿出最好的表現，展現各班的團結性和創造力。

節目一個接著一個進行，多數同學表演的都是時下最流行的舞步，最讓李遵信老師目瞪口呆的是晚會主持人沈航。沈航平常在班上算是個安靜的學生，不特別愛讀書，就是喜歡畫漫畫。

李遵信老師怎麼也沒有想到，這小子一拿起麥克風，彷彿變了一個人似的，不僅口條伶俐，反應還出奇的機敏，介紹起各個組別有如行雲流水，壓根看不出一絲怯場的跡象，完全顛覆平日在校內給人的刻板印象。

這時，沈航拋出一抹神祕的笑容，道：「現在我要把主持棒交出去囉，下一個是我們班表演，我要去化妝了。」

五分鐘後，沈航頂著精心繪製的大濃妝和古代中國服飾現身營火晚會，原來他改編國文課中教過的「觸讋說趙太后」，不僅親自反串扮演趙太后，還把其他幾位男演員都調教得好好的，為大家帶來一齣精采的戲劇。

演出完畢後，沈航也不卸妝換衣服，就直接拿回麥克風，道：「太后來主持了。」讓營火晚會上笑聲盈耳不絕。

營火晚會持續到約莫十一點才結束，精神渙散的國中學生們拖著疲累的身軀走向公共盥洗室，只能隨便洗個戰鬥澡。因為，童軍團幹部為了控制時間，每隔三分鐘就會敲一次門，要求同學洗快一點。

等到把國中生們趕回八人帳棚就寢，童軍團幹部還得在深夜召開檢討會議，接受已經畢業的榮譽團員們檢討，隔天一早又要爬起來教大家拔營滅跡，然後準備閉幕儀式呢。

時針悄悄指向十二點，很快地，營地裡便鼾聲四起。

忽然，營地西側傳出輕聲耳語……

「這裡會不會鬧鬼啊？」

「偷偷告訴你們，我聽說剛剛有學長從營火晚會場地走回去營本部拿東西，經過那道旁邊是遊樂設施的長樓梯時，耳邊突然有個女生笑著說『嘿嘿，你要不要來玩啊』……」

「好恐怖！」

「噓！不要亂講話，趕快睡覺了啦！」

「是誰？是誰在帳棚裡放屁？」

「很沒有公德心耶！」

緊接著是東側頻頻有窸窣聲響……

「啪！」

「幹嘛啦？吵死了！」

「有蚊子啦。」

夜幕降臨帶來的露水逐漸厚重，山林裡再度陷入寂靜，就連日間被驚擾的野生動物們也進入綿長的夢境，直到脆弱的營帳再也承受不了勉強撐著的假象……

「啊，帳棚倒了，救命啊……」

事隔多年以後，隔宿露營仍然是許多人心目中的美好回憶，代表著青春的無知、無敵與無所畏懼。或許有人早已淡忘，也或許有人依稀記得那抹在營火晚會中的反串身影。民國一百零七年，從前那個讓李遵信老師耳目一新的學生沈炕成為台灣劇場界鬼才，是集編導、表演、設計於一身，難得一見的全能劇場人。

恆毅中學畢業後，沈炕應屆考上國立藝術學院戲劇系（今台北藝術大學），畢業後獲得美國印第安那大學布魯明頓分校全額獎學金赴美進修，後來獲頒ＭＦＡ藝術碩士學位。

回台之後的沈炕在劇場裡揮灑他驚人的創作力，並將一身本事傾注於藝術教育，他曾先後於台北藝術大學、台灣藝術大學、臺灣師範大學等校任教。更曾於民國九十九年加入上海世界博覽會的製作團隊，擔任主題秀「城市之窗」的駐館導演。

民國一百年起，沈炕加入「如果兒童劇團」擔任駐團藝術家，主要負責兒童新樂園如果心劇場每月駐館節目的編導工作。他也將「巧虎」系列演出從台灣帶到大陸，將人偶劇藝術發揮極致，除了深受小朋友歡迎，在藝術評價上也獲得很高的讚許。

放眼望去古往今來，優秀的恆毅畢業生不僅是政、商兩界赫赫有名者大有人在，亦跨足生態保育、資訊界甚或藝術界，足堪是孕育英才的大搖籃。

節制

復活節尋蛋趣

「老師說是今天嗎？」男孩欺身過來，以低不可聞的聲音擠眉弄眼地問道。

「是啊，老師是這麼說的。」女孩篤定地點頭。

「太好了，」男孩微笑，若有所思地說：「我一定要找到最多！」

「幹嘛這樣？你很無聊欸。」女孩翻了個白眼。

「這叫做生活的『情趣』。」男孩說。

「隨便你。」女孩聳肩回答。

民國一百零七年九月的某天，早自習後的第一節下課，學生們像是重獲自由的籠中鳥，紛紛踏著輕快的小碎步在校園裡的各處覓食。

不過，學生們尋找的不算是真正能填飽肚子的食物，與其說是覓食，可能還更像尋寶。他們檢查每一座花圃中最茂密的草叢，翻看布告欄和資源回收桶，巡視人跡罕至的角落，努力東翻西找的目標是一根根色彩鮮豔的吸管。

找到吸管，意味著你中了大獎。恆毅中學一年一度的復活節彩蛋活動正是以彩繪吸管取代彩蛋，由學校師長頂替復活節兔子，將幾百支吸管藏在校園內讓學生找尋，尋獲的彩蛋則可以去生命教育中心換取真正的水煮蛋。

「哇，我找到一根吸管！」
「這裡也有一個。」
「聽說去年圖書館裡藏了很多。」
「說不定是假情報！」
學生們興致勃勃地在校園裡漫遊，目光隨處掃視，臉上不時迸發驚喜的神情。
看在師長們的眼裡，頓覺這群完全融入遊戲中的學生像是學齡前的小朋友一樣天真浪漫呢！
「每年的這一天，就會看見每個學生都在看地上。」許惠芳老師忍不住笑道。
復活節是天主教的重要節慶之一，為紀念耶穌基督殉難後第三天復活的事蹟，教徒以復活蛋比喻為「新生命的開始」，象徵「耶穌復活、走出石墓」。復活節彩蛋則是慶祝復活節時特別裝飾的蛋，傳統上會使用經過染色的蛋類。彩蛋一般事先藏好，然後由兒童前往找尋，是表達友誼、關愛和祝願的方式。
「哇，劉昊昕，你怎麼找到那麼多？」一位

每到復活節，在校園中尋找彩蛋便成為學生們的一大娛樂。

高三智班的女同學尖著嗓子嚷道。

「算算看總共有幾個？」另一個男同學建議。

女同學倒吸一口氣，道：「居然有四十三個！你太厲害了！」

「好玩嘛。」劉昊昕聳聳肩。

倒不是因為很愛吃蛋，而是尋寶的過程非常有趣，人類對「蒐集」的癖好永遠不會厭煩，否則怎麼會有那麼多人沉迷寶可夢遊戲呢。

「借我看。」女同學把玩著其中一根吸管。

這時，班導師徐文彩老師步入教室，瞥見學生桌上滿滿的吸管，苦笑著問道：「你一個人就找到那麼多啊？要不要捐出來和大家分享？」

「捐出來！捐出來！」同學們齊聲吶喊。

「好啊。」劉昊昕爽快地回答。

「這樣吧，等會兒同學們一起去幫忙拿蛋回來，老師煮茶葉蛋給大家吃。」徐文彩老師說。

「耶！」高三智班的歡呼聲響徹雲霄。

承載歲月的宿舍

民國一百零七年九月，恆毅中學堂堂邁入第六十年，新的學期即將開始。然而同一時間，恆毅學生宿舍也將最後一次熄燈，告別一甲子的悲歡離合，為通勤跨區就讀的時代畫上句點。

其實，宿舍也歷經了多次搬遷，從最初位於東院的木造房屋，到後來智仁大樓的三樓男舍、信義樓的三樓女舍，演變為最終在恆毅樓四、五樓落腳。

宿舍可以說是學子們除了教室以外，待的時間最久的地方。輾轉數十年間，住宿生們在寢室裡寫作業、讀書、聊天打鬧、吐露心聲，甚或吵架、和好、戀愛、失戀，宿舍好比第二個家，朝夕相處的室友們則有如親密的家人。

當學生宿舍就此歇業的消息傳出，許多塵封的記憶卻有如再次被翻動的古老書頁，飛舞、四散、重新被人閱讀……

民國七十五年，芳齡十八的簡惠眉老師尚未成為老師，

左：初期宿舍房間為多人共同使用，到了民國一百年左右，甚至提供雙人房宿舍。
右：早期的上下舖床位。

而是輔仁大學夜間部外文系的學生。

考取大學以後，簡惠眉從南部負笈北上，住在擔任板橋中學老師的表姊家。她利用課餘時間，白天在恆毅中學的訓導處工讀，和主任、教官們相處得不錯。大二時，正好學校宿舍缺了個舍監，校方便詢問她的意願，問她要不要住在學校裡頭？

多打一份工，就是多掙一份錢，剛好隔年簡惠眉的妹妹也同樣考取輔大，姊妹倆可以相互作伴，便一起搬進了恆毅中學的舍監宿舍，從此過著身兼多職，既是輔大學生、又是恆毅工讀生和舍監的忙碌生活。

舍間宿舍位在一間老舊倉庫的樓上，坐落於後來恆毅幼稚園的位址，疏於整理的結果是一樓堆滿了淘汰的課桌椅和碎玻璃，每次回到二樓房間都得小心翼翼。尤其建築物本身的天花板異常低矮，採光也不充足，曾有前來作客的大學同學們開玩笑，說舍監宿舍像是鬼屋。

儘管如此，勤儉持家的少女簡惠眉仍舊住了兩年。

舍監工作表面上單純實則複雜，雖然天天照表操課，在日復一日的固定作息中，卻潛藏了許多不為人知的艱辛。

每天早上六點，簡惠眉準時吹響起床的哨音，督促住宿生們洗臉刷牙、更換制服。中學女孩是半大不小的孩子，有些人還保有兒時的習慣——起床氣，一大早脾氣壞得很。

簡惠眉必須耐著性子，像隻護子心切的母雞般趕著成群住宿生，先到一樓集合做早操，六點半時全員移往餐廳吃早飯，然後回到宿舍整理一下，準備進教室上課。

每晚放學後，她則於晚飯時間站在餐廳點名，一個都不能少，確保每位住宿生都乖乖吃飯、健康平安。接著，一行人轉往自修教室進行晚自習，夜間九點返回寢室，住宿生們輪流沐浴，而後把髒衣服堆在各個寢室專用的籃子裡，舍監在送洗前還得檢查一遍，免得搞混了衣服。

晚上十點半，舍監巡房查勤，最後鎖上大樓鐵門，結束這勞心勞力的一天。

簡惠眉和女孩們年齡相近，大夥兒也都喊她姊姊，但是事後回想起來，簡惠眉覺得自己在擔任舍監期間，根本就像是住宿生們的媽媽一樣，管東管西、包山包海。

簡惠眉自認為是個嚴格的家長，只要住宿生的成績退步，她就會不自覺地把責任往身上攬，她擔心學生們的課業，也煩惱她們的私生活，鎮日兢兢業業的生活讓她陸續瘦了十幾公斤，原本就纖細的身形顯得更加柔弱。

有一陣子，學校要求菁英班的學生們通通都得住校，當時的住宿學生一度多達七、八十人，攀上歷史的高峰。學校甚至把兩棟建築物的三樓打通，將才藝教室也隔成一間間宿舍，面對這麼龐大的人數，舍監管理起來著實辛苦。

「姊姊，這題英文我不懂……」

「好，我教妳。」

「姊姊，寢室的燈泡壞掉了。」

「好，我來換。」

學生們一聲聲喊著姊姊，耳根子軟、一顆心更軟的簡惠眉當然義不容辭，幫女孩們排除萬難，雖然體力和精神上的壓力難以忽視，但心靈始終是富足愉悅的。

況且，她也和住在恆毅中學主徒會宿舍的修女們結為好友，有她們作伴，日子增添了不少趣味。

每逢教會舉辦節慶活動，諸如復活節、聖誕節，修女便會邀請簡惠眉共襄盛舉。大家一同做做彌撒、吃吃喝喝，由於相處愉快，修女們甚至會遊說她：「Angela，妳要不要當修女？」

她特別喜歡其中一名來自菲律賓的小修女，初次注意到她，是在某個夕陽西下的傍晚……信義樓位於恆毅校園中的東側，每到黃昏時刻，晚霞便會在走廊上、樓梯間灑滿金紅色的餘暉。

小修女只有十五歲上下，飄洋過海來到台灣，從此將生命奉獻給教會。小修女對天主的忠貞無庸置疑，但是她的年紀實在太小了，所以常常會想家。她總是獨自坐在信義樓的階梯上，遙望泰山方向緩緩下沉的落日。

在新莊地區尚未砌起幢幢高樓的八零年代，佇立於校園中還能遠眺觀音山蒼翠的稜線。小修女凝視遠方山間的雲霞，臉上寫滿落寞，那是一種不需要語言溝通，任誰都解讀得出來的孤單心情。

簡惠眉看了於心不忍，對她來說，小修女和住宿生一樣，好比自己的小妹妹。母性使然，簡惠眉走向她，在她身旁坐下，以最為擅長的英語和她溝通。

「妳還好嗎？」簡惠眉柔聲問道。

「好。」小修女嘴上這麼說，眼角卻泛起淚光。

思鄉情切是騙不了人的，同為異鄉人的簡惠眉充分理解對方離鄉背井的孤單，她拍拍小修女的背，替她拭去臉上的淚，過了一會兒，小修女終於敞開心房，對她吐露心聲。

原來小修女家境不好，以修女為職，是個將生計做為首要考量的選擇。

十五歲，身心都尚未成熟健全，雖然其他大修女對她也頗為照顧，但脫離原生家庭畢竟是個重大的改變，來到台灣以後，生活習慣、飲食、語言……一切的一切都需要適應。

小修女低聲啜泣，瑟縮在修女服下的清瘦身子微微顫抖，哽咽的英語中偶爾夾雜菲律賓語，看得簡惠眉好不心疼。

此後，只要那天傍晚有空，簡惠眉便會來到信義樓的臺階上，陪小修女說說話、解解悶，聊慰彼此的孤寂。

青春的同義詞是叛逆，動人的情誼、惱怒的爭執日以繼夜在恆毅中學的宿舍裡上演著，猶如一幕幕人生悲喜劇的縮影。

不過，除了鮮活旺盛的生命力，年代久遠的建物內，自然也不乏陰森詭異的傳說……

民國八十七年學期末了，信義樓三樓的女生宿舍裡，住宿生總數剩下不到二十人，真正被使用的寢室則只有六、七間，房間多半都住不滿。而住宿生當中，絕大多數都是為了準備日益逼近的聯考，不想浪費時間在舟車勞頓上的高三生。

傳聞中的事件，正是發生在寢室３０１號房的五名高三生身上。

可以同時容納八人的空間裡，一共住了五名室友，她們分別是小敏、小秦、阿儀、老陳和捲兒（以上皆為化名）。

每個夜裡的情形永遠千篇一律，大夜放學以後，住宿生們陸續洗完澡，寢室內雙層床畔的欄杆上，以衣架掛滿了剛脫水完的手洗衣物，熱鬧猶如萬國國旗。

晚間九點，寢室房門總會準時響起查勤的敲門聲。

那時的舍監是位年約五十的修女，修女脾氣很好，對學生們和顏悅色。即使有人因為熬夜而睡過了頭，頂多也只是叨唸幾句。雖然同樣身處於恆毅校園內，比起與疾言厲色的班導師相處，住宿生活可說是輕鬆自在，更何況，住校能脫離父母親保護的羽翼，又有同儕陪伴，學生們簡直樂不思蜀呢！

「301號房，都回來了嗎？」修女敞開房門查看，眼神將室內掃視一圈。

「到齊了，修女晚安。」眾人回答。

「晚安。」修女放心地點點頭。

腳步聲逐漸淡去，接著是隔壁302號房的敲門聲。

其實，打開各間寢室的門，看到的也都會是差不多的景象：一群身穿睡衣、臉上敷著保養品的女孩，坐在長形的書桌前方，就著檯燈的照明讀書。有人趴在桌上算數學，有人則把雙腳翹得老高，邊以耳機收聽廣播節目邊複習功課。

那段時日，美國總統柯林頓和陸文斯基的桃色緋聞鬧得轟轟烈烈，所以住宿生們也會用白宮笑話佐以枯燥乏味的夜讀，當她們鎖定某個相同的廣播頻道時，還會被一樣的笑點觸動，不約而同噗哧一笑，然後彼此交換意味深長的眼神。

共同生活造就強烈的革命情感，有時候，她們也會相互提醒、加油打氣。

「小秦，不要寫日記了啦，快點讀書！明天不是要考英文嗎？」小敏充滿責難的眼光瞟向隔壁。

「煩死了，今天沒有讀書的心情。」小秦哭喪著臉說。

「欸，當初決定要住校，不就是為了要好好讀書嗎？」小敏說。

「好嘛。」小秦訕訕地闔起日記，乖乖翻開英文課本和筆記。

十點、十一點、十二點……奮鬥了三個小時以後，301號房內有人捱不住沉重的眼皮，伸了個大大的懶腰。

「好想睡，我要去刷牙了。」小儀打著呵欠說。

「我跟妳一起去。」捲兒自桌前起身，一把抓起牙刷和牙膏。

只有一牆之隔，寢室旁邊就是浴室，小儀和捲兒兩人一前一後跨出房門來到洗手臺前，分別佔據第一和第三個水龍頭，將牙膏擠上牙刷，準備清潔口腔。

「咦，停水了嗎？」小儀扭開第一道水龍頭，卻沒有半滴水落下。

「沒聽說呀。」捲兒偏著頭回答。

這時，第二道水龍頭嘩啦啦地流出水來。

「呃？」兩人呆呆地瞪視那宛若泉湧的水柱，接著交換了一個驚慌失措的眼神。

小儀臉色慘白地伸手關閉第二道水龍頭，隨後，兩人默契十足地迅速刷完牙，從頭到尾一語不發。

直到返回寢室內，她們才支支吾吾地對其他室友們說起方才的奇遇，小儀和捲兒不是物理專家，但就算想破了頭，也無法解釋為何自來水會直接跳過前後的水龍頭，從位於中央的水龍頭溢出？那到底是什麼神奇的管線配置？

想當然耳，晚些時候當其他三人打算去浴室刷牙時，也是結伴同行才敢前往，這件事情也讓她們好一陣子不敢在晚上聊天時說鬼故事。

又過了半個月，一個看似尋常的夜晚，隨著指針走過十二點以後，301寢室內的女孩們一個接著一個入睡了，最後只剩下捲兒仍挑燈苦讀。一點、兩點，到了三點，聽著室友們鼾聲四起，捲兒也忍不住熄燈就寢。

隔天清早，小儀從起床後就火氣很大，盥洗、更衣的動作異常粗魯，不停發出碰碰聲響。

不明就裡的室友們起先只當她是起床氣的毛病又犯了，直到早餐之後，她們回到寢室整理書包，小儀仍舊沒有消氣，大夥兒終於圍住她，問她究竟是怎麼了？

「昨天晚上是誰趁我睡覺的時候，偷剪我的頭髮？」小儀忿忿地問道。

「啥？」眾人面面相覷。

小儀抓起一撮頭髮，怒道：「妳們自己看。」

眾人定睛一看，的確，那撮頭髮確實和其他層次有所不同，硬生生少了一截，明顯是被人一刀齊齊剪下。

「等等，我們怎麼可能剪妳的頭髮？」小敏瞪大無辜的雙眼。

「我們和妳又沒有吵架。」老陳說。

「就算吵架，我們也不可能偷剪妳的頭髮報復啊！」小秦強調。

「太詭異了，就跟水龍頭那件事情一樣，難道……」小敏做出了恐怖的結論。

「別再說了！」捲兒鐵青著臉，低聲道：「昨天晚上我最晚睡，我的書桌又背對著小儀的床鋪，如果半夜發生了什麼，豈不是我醒著的時候，在我背後……」

女孩們放聲尖叫——

往後一個月，301寢室內的住宿生於畢業典禮後紛紛搬出了宿舍，對她們五個人來說，莫名其妙的水龍頭和消失的頭髮，都成為了這輩子無解的謎。

「鬼故事？想太多了吧。」徐浩洋雙手一攤，「之前聽人家繪聲繪影，說什麼恆毅學園有奇怪的腳步聲，可是有人真的去找，也什麼都沒找到哇。」

民國一百零七年，這時的學生宿舍早已挪到位於活動中心後方的恆毅學園，不僅建築物的外觀嶄新亮眼，裡頭的裝潢、設備更是舒適且先進。

「恆毅宿舍是目前我看過最好的，舒服又乾淨。」徐浩洋從國一開始住校，直到高三下學期確定考上大學了才搬離宿舍。

就他的記憶所及，學生宿舍裡存在的都是溫馨、快樂的回憶。「聽說我們舍監好像以前是情報局的，都六、七十歲了，還可以跟我們比做伏地挺身，而且比腕力都能贏那種肌肉很大的學生，超厲害的！」

「記得高三的時候啊，舍監還曾經買大阪燒或剉冰請我們吃，慰勞我們讀書的辛苦。學測前還買了必勝客披薩，因為要我們『必勝』嘛！」他說。

透過繁星機制，高三智班學生徐浩洋如願考取國立政治大學，除了自己無比堅定的信念，他也十分感念於父母、師長、同學甚至舍監的照顧。

被大導演李安翻拍成電影的暢銷名著《牧羊少年奇幻之旅》中有一句名言：

當你真心渴望某件事時，全宇宙都會聯合起來幫助你。

也許不只是徐浩洋，還有更多、更多恆毅中學的學子們曾經體驗過這句話也說不定！

宿舍移至恆毅樓後，無論是外觀還是內裝都高級許多。

曇花一現的女籃隊

風吹去樹梢所有的顏色，冬季的凜冽從四面八方襲來，將上體育課的學生們從操場往校園的角落裡趕。幾個女孩瑟縮在榕樹下，刻意和籃球場保持距離。她們環抱屈膝，肩並著肩靠在一起聊天，樹下不時迸出吱吱喳喳的談笑聲，猶如一群期待早春歡欣鼓舞的小麻雀。

不一會兒，女孩們又玩起猜拳，她們完全沉浸在一節課的自由當中，眉頭舒展、神情放鬆，彷彿擁有揮灑不盡的青春。

「喂，王書培，來挑一局啦！」球場上的男同學邊運球，邊朝樹下喊道。

「不想要。」女孩意興闌珊地瞅了對方一眼，再次拉高束緊的領口。

「來拚輸贏啦，幹嘛，不敢喔？」男同學挑釁似地嚷嚷。

「對付你們這些肉腳，不需要書培出馬。」另一個女孩立刻回嘴：「她可是『SUPER』耶！」

王書培，綽號SUPER，個子和男同學不相上下，擁有一身黝黑的肌膚和聳立的肌肉，是女籃校隊中首屈一指的人物。

她渾身散發的陽剛氣息可比鎮日埋首書堆的男同學更加耀眼，畢竟當其他人忙著把知識塞進腦袋時，女籃隊可是在球場上拚命鍛鍊，以拉扯的肌腱和骨肉組合出流暢俐落的動作。

其實班上男同學根本不是她們的對手，只不過，每天跟籃球黏在一起，偶爾也想分開來喘口氣，就像家裡開的是牛排館，牛排也不可能天天吃、餐餐吃一樣，久了總是會膩。

「來挑一場嘛！」男同學不甘寂寞地作勢要傳球。

「不要。」女同學翻了個白眼。

這時，林鑫政老師經過操場，湊巧撞見了這一幕。身為班導師的他微微一笑，很清楚該如何突破眼前的僵局，擺平所有學生，讓結局皆大歡喜。

「來唷，來鬥牛喔，男生一組、女生一組，輸的請喝飲料。」林老師拋下教科書，對學生們揮手說道。

「耶！」男同學歡呼。「這杯飲料喝定了。」

「老師，你說的唷。不可以賴皮喔！」王書培自場邊倏地起身，帥氣地扯開拉鍊，將外套一扔。

緊接著，第二個、第三個女籃隊的成員也自原地站了起來。

本想暫時遠離籃球的，然而，若有人主動請喝飲料，可就另當別論了。

球賽迅速開始，女籃隊的學生們絲毫不畏肢體衝撞，也沒把人高馬大的男同學放在眼裡，她們像是一群擅長突襲的

左：住宿的女學生們早起晨操。
右：恆毅學子宜靜宜動，上課認真讀書，下課也認真活動。

迅猛龍，剎那間包圍獵物，轉眼間又一哄而散，相互以眼神和手勢進行著某種不為人知的暗號，彼此竊竊私語。

緊接著，王書培快速衝向籃框，說時遲那時快，她自地表一躍而起，猛地給男同學蓋了個大火鍋。

「帥啦。」場邊的女同學們高聲吶喊。「SUPER！SUPER！」

「一比零。」撿球的女孩以超乎常人的臂力將籃球傳回場內。

一陣快攻之後，女籃隊迅速上籃得分。「二比零。」

球權再次操控在男生組手上，比賽愈來愈緊張，男同學們已經顯露疲態。

從小到大以籃球作為休閒活動的男生們不甘認輸，可是女籃隊的動作更快、準頭更好，而且似乎有永遠消耗不完的體力跟默契，是令人敬畏的強勁對手，因為有這些女生，才讓球賽更加精采刺激。

「三比零！」女孩們抄球成功，順勢投進了一個三分球。

剎那間場內、場外歡聲雷動。

「厲害唷！」林鑫政老師豎起大拇指，隨後依約買來飲料。「來，一人一瓶。」

「謝謝老師！」

「乾杯。」

學生們抹去汗水，咕嚕咕嚕大口灌下飲料。

「不客氣。」林老師心滿意足地看著這些孩子，幾乎忘了自己也口乾舌燥。

前後帶了兩屆含有女籃隊在內的班級，林老師特別喜歡這類型的學生，即便她們的成績不如其他同學優秀，但是在嚴苛的學姊學妹制要求下，女籃隊的學生特別懂事有禮、自動自發。分數考差了，她們心甘情願乖乖罰寫，功課弄不懂，就算得用抄的，她們也一定會把作業抄出來交。

就拿劉雅婷來說好了，她和同學一共六人都來自蘆洲國中籃球校隊，畢業時被恆毅中學整批挖角，栽培為恆毅女籃校隊，讓她們外出比賽為校爭光。

她們和一般的恆毅學生不太一樣，由於國中三年都在勤練籃球，沒花什麼心力唸書，高中又打算透過獨招的方式申請需要女籃的大學，練球的時間增加了，讀書的機會則又更少了，學業表現自然不盡理想。有鑑於此，老師們通常都會網開一面，給女籃隊設立比較低的及格標準。

不過，呂家君倒是個罕見的例外，她很有讀書天份，功課也相當不錯，高中聯考成績甚至上得了北一女，可是她愛籃球更勝唸書，為了想和隊友們在一起，寧可選擇就讀恆毅中學。

為此，陳永怡校長還特別交代林鑫政老師，要他多多照顧這個重情重義的女孩。

「呵——」劉雅婷揉揉眼睛，打了個大大的呵欠。

「累了？」林鑫政老師關切地問。

劉雅婷皺著臉搖搖頭。

女籃隊的訓練著實辛苦，每天早上六點起床，六點半到七點半進行晨間操練，接著沖澡、吃早餐，八點準時進教室，和其他學生們一塊兒上課。

到了下午三點，約莫是第六節下課的時候，女籃隊便再度離開班級，到活動中心報到、操練。常常一練習就過了晚餐的時間，若是遇到比賽在即，教練更會要求她們訓練到晚上八、九點，就連週末也沒得休息。

「才不是那個原因呢！」呂家君索性替好友回答：「她週末沒有睡好啦，因為禮拜六要練習，她禮拜五晚上就乾脆睡在活動中心地下室那間放體育器材的倉庫啊。」

「倉庫裡怎麼能睡？」林鑫政老師愕然。

「就是嘛，都不怕有老鼠。」呂家君取笑。

「可以睡啦，外套鋪在地上，窩著睡就好了。不然回家一趟馬上要又出門，很浪費車錢欸。」劉雅婷害羞地笑了笑。

林鑫政老師點點頭，正是這份任勞任怨格外讓人心疼，但為了怕傷及學生自尊，他只能嚥下到嘴的嘮叨，輕聲提醒道：「自己要多注意健康，生病就麻煩了，知道嗎？」

「好啦。」女孩們擺擺手回答。

這一天匆匆而過，不過一晃眼，日間的涼意已經轉變為夜裡刺骨的寒風。

大夜下課以後，林鑫政老師下意識往活動中心的方向張望，竟瞥見盞盞明亮的燈火。他心想：「不會吧？都那麼晚了，女籃隊還沒休息？」

於活動中心舉辦桌球比賽。

話說這些孩子可真拚命，有時候下午教練安排了特別課程，她們中午就故意不吃飯，以免下午練習的時候會吐出來。彷彿為了把籃球打好，她們可以犧牲睡眠、犧牲吃飯、犧牲一切。

滿腹狐疑帶領林鑫政老師走向活動中心，果不其然，女籃隊真的還在練習。

林老師本身就熱愛體育活動，舉凡女籃隊外出比賽，只要時間允許，他都會抽空到場加油。晚上下班了也是一樣，只要女籃隊還在練習，他都會到場邊走動走動，幫學生打打氣，將精神支持化為實際行動。

所以他走入室內，站在籃球場邊觀望，看了好一陣子。他的視線隨著飄忽的籃球員身影挪移，某一個瞬間，眼尾餘光突然瞄到角落裡的大塑膠袋——是便當！老天哪，都幾點了，這些孩子們居然還沒吃飯……

每天傍晚的固定時間，學校餐廳都會準時出菜，統一讓留校夜自習的學生們能夠用餐。

體育課的內容包羅萬象。

問題是，籃球隊教練非常嚴格，他的要求是「未達當日訓練成果絕不休息」。所以，籃球隊學生們必然是前往餐廳領來便當，然後就擱在一旁，餓著肚子繼續操、繼續練，直到教練滿意為止。

在林鑫政老師思緒紛飛的同時，教練適時地大喊：「解散。」

林老師的注意力重回籃球場上，眼前，女籃隊的學生們拖著疲憊身軀走向便當，醬紫色的臉頰早已失去日間的光采。她們各自拿了晚餐，隨即東倒西歪席地而坐，然後拆開便當盒，開始用力扒飯。

林鑫政老師走上前去。「等等。」

「老師？」

林鑫政老師探頭凝望早已失去溫度的飯菜，只見原本該粒粒分明的米飯都結成塊狀了。「便當這麼冷怎麼吃？」

學生們遲疑了半秒，淚水隨即滑下臉龐。「沒關係，可以吃。」

林鑫政老師怔怔地望著學生們猛動筷子，拚命將食物往嘴裡塞，不管夾到什麼都囫圇吞進肚裡，想必是早就餓壞了。

「唉。」他嘆了口氣，強忍心酸陪著學生們坐下，暗自盤算明天一定要到學務處跑一趟，讓學校替女籃隊添購便當保溫袋不可。

「老師，還沒回家？」比他們班小一屆的柳內惠茹捧著便當，逕自於場邊找了個位置，彎身坐下時咬了咬牙，那細微的動作只有明眼人看得出來。

「惠茹啊，最近背痛還好嗎？」林鑫政老師問。

由於常看比賽的緣故，林老師和幾屆籃球校隊的學生都混得很熟，對每個人的家庭背景等私事也略知一二。

柳內惠茹這孩子有椎間盤突出的毛病，住在學校宿舍，卻常常因為疼痛而爬不起來，讓同學老師們以為她偷懶賴床。堅韌的個性使然，她不願意把脆弱的一面表現出來，也不願對外說明自己的特殊情況，怕別人指責她找藉口。

「好多了。」女孩回答。

林鑫政老師望著她，忍不住開口問道：「練習這麼辛苦，要不要乾脆退出籃球隊算了？」

「現在退出，我能幹什麼呢？」柳內惠茹淒然一笑。

「嗯。」林鑫政老師默默無語。

隔天，林鑫政老師一早上班的第一件事，便是衝到學務處陳情，把女籃隊遇到的困境詳細說了一遍，懇請校方添購保溫袋，讓學生們不必再吃冷便當，也順利於幾個星期以後得償所願。

而他的學生也沒有辜負師長的心意，個個都打出了好成績，其中王書培更在球場上被高雄普門中學的球探相中，提出一路保送到佛光大學研究所畢業的優渥條件。

無獨有偶，徐文彩老師帶的是另外一屆有女籃隊成員的班級。

這屆的高二愛班很不一樣，算是體育班和重點班的組合，四十四名學生中，跆拳道校隊的有三人，女籃隊的有八人，其他三十三個則屬於重點班學生。

起先，班級顯得涇渭分明，「重點生」人人都是父母親的心頭肉，肩不能扛、手不能提，成天把唸書擺第一。「體育生」則恰恰相反，她們之中有好幾位來自弱勢家庭的原住民，不擅讀書，卻具備了十足的體力和爆發力，希望能藉由籃球場上的表現，讓她們也有機會讀大學。

為了讓班級相處更為融洽，徐文彩老師刻意於這個週末安排了一次班遊，去金瓜石看黃金神社，去九份看陰陽海。她相信吃喝玩樂能讓一個班級更具有向心力和凝聚力，「食物」和「郊遊」絕對是聯繫情感的不二法門。

「老師，還有多遠？」一個學生上氣不接下氣地問道。

「快了、快了。」徐文彩老師喘氣回答。

「到底為什麼我們要來爬山啊？老師，我快累死了。」另名學生抱怨。

「嘿，超車！」幾名體育生終於忍不住前方慢吞吞的隊伍，她們展現健步如飛的腳力，咻咻咻地超越了眾人。

「看看人家體力多好，嘖嘖。」徐文彩老師搖頭。

「那個，需不需要我幫妳揹包包？」體育生突然停下腳步，回頭問道。

「沒關係啦，妳們已經幫忙拿了全班要吃的點心了。」重點生不好意思地乾笑兩聲。

「我看我還是幫妳一把好了，免得我得在山頂等妳們到天黑。」體育生開玩笑道。

「切，那就麻煩妳囉。」重點生老實不客氣地脫下背包往同學身上推。

「沒問題。來比賽？」體育生扛著滿身東西，歪著腦袋朝小路末端比了比。

「比就比！」重點生率先邁開步伐。

「妳作弊……」體育生驚呼，立刻跟了上去。

「叫裁判吹哨啊！」重點生哈哈大笑。

徐文彩老師心中一陣竊喜，她凝視打成一片的愛班學生們，刻意讓他們增加相處機會、互相扶持的方法果然奏效了。

這次的班遊相當盡興，正午時分，愛班一行人在黃金博物館附近吃礦工便當，學生們邊吃邊笑鬧，還說要把白鐵便當盒清洗乾淨，然後帶回家做紀念。

回程下山時，徐文彩老師情商身為警察的丈夫，動用關係請「水金九巴士」載他們到瑞芳火車站，結束了這既疲累又充實的一天。

後來，體育生們有感於徐文彩老師的照顧，開始親熱地喊她「媽咪」，喊到徐老師就讀同一屆的親生女兒都大吃飛醋：「媽咪明明是我的。」

儘管恆毅中學的女籃隊前後僅招募了五屆，但是女孩們奔跑灌籃的英姿，仍長存於每個歷經該時代的師生心中。

而那次班遊帶回家的便當盒，儼然成為愛班的某種秘密信物。過了許多年以後，每當愛班舉辦同學會，他們都會追問對方便當盒的下落，然後洋洋得意地亮出自己的那一份，席間仍不斷提起年少時於九份健行的事蹟，在談笑風生之間回顧青春。

107學年恆毅籃球隊。

嗶！不准談戀愛

民國七十三年八月，恆毅中學積極發展重大政策，首先，便是開始招收女學生。

在當時民風保守的大環境下，異性接觸謹遵「發乎情止乎禮」的原則，以書信往來的「筆友」則是最流行的交友方式。學校內就有女同學，是個多麼振奮人心的消息，恆毅中學當了二十多年的「和尚學校」，女生們的加入徹底改變了學校陽盛陰衰的體質，讓校園裡多出一抹溫柔的風景。

為了迎接即將到來的女生們，挖土機、工程車陸續開進校園，將不敷使用的東院舊校舍逐一拆除，改建為後來三層樓高的仁愛樓和信義樓，增加學生教室和教師辦公室。

女生正式入學後，校方特地將男女學生的活

招收女學生以後，課表中就多了家政課。

動區域隔開，女學生全部被安置在仁愛樓上課，與忠孝樓男生隔著一道看似不曾被開啟過的鐵門，連接兩棟大樓的樓梯間宛如禁區，男女學生只能透過鐵門上的格柵間隙眺望彼此。

訓導處薛琳主任常三申五令告誡學生：「男生一律不准跟女生講話，違禁者記過處罰！」

「唉，阿三哥真嚴格。」

「沒關係，放學總是能遇到的。」

情竇初開的男同學們忍不住偷瞄女同學及膝裙下方的小腿肚，好比一群飢腸轆轆的兔子垂涎胡蘿蔔。

在那個年代，男學生的標準服儀是卡其色制服，女學生則必然穿著卡其軍訓服，下半身的長褲改為裙裝，除了手上提的書包以外，各校制服都大同小異。

後來「制服」的定義被改變，政府發佈命令，讓各級學校得以設計自己的「校服」，於是各具特色的校服開始出現，有的學校參考歐美的運動服，有的學校則模仿日本的水手服，再融入自己的校徽特色，至此，路上行走的學生們所穿的服裝五花八門起來。

據說恆毅中學的藍白盾形校徽出自劉嘉祥神父之手，有一回他到南部參訪，無意中看見一面盾牌形狀的標誌，當下覺得頗能呼應恆毅的辦學理念及學生特質，於是加入自己的創意，藍白盾形校徽於焉誕生。

校徽被廣泛運用在書包上、校服上以及學校的建物上，至今，活動中心正前方高懸的初始校徽仍然保存良好。

校徽使用多年以後，學校請美術科的林文珊老師和陳楚璇老師重新繪製並加以票選，最終以目前飾有十字架、樹枝與彩帶的版本定案，並且沿用到現在。

盾牌象徵所有恆毅人都該擁有的堅強，盾牌左右圍繞的樹枝則代表「節制」和「正義」，展開的書冊是智慧的概念，寫著恆毅校訓「智、義、勇、節」，最上方的紅色十字架則是引領眾人勇往直前、歸向正道的記號。至於底部的彩帶，則有觸角伸展至國際舞台的含意。

一度，校服好看與否也是決定要唸哪所學校的重要因素。夏季水藍色格紋制服總能讓恆毅中學的女同學們走在路上抬頭挺胸，彷彿套上那身衣裳，全身上下散發的氣質也跟著提昇了好幾倍。

恆毅中學的冬季校服也曾讓八零年代的女學生們引以為豪，當時大多數公立學校的冬季校服都是厚如棉被的運動服，鮮少有女學生穿著裙裝。恆毅的冬季校服卻是毛呢格紋裙子搭配黑色絲襪和毛線背心，衣領處還飾有與裙子相同材質的領結，最外層再罩上英挺帥氣的西裝外套，就連走路都有風呢！

尤其十多歲的女孩兒總是愛漂亮的，穿上恆毅校服，女同學們彷彿也將一圈亮眼的光環穿戴在身，忍不住得意起來。

「那個某某學校的冬季校服，真是讓人看不下去。」

「雖然也是裙子，但是長度一路拖到小腿，看起來簡直像是老媽子。」

「還是恆毅的校服最好看了！」

近六十年來，恆毅校服屢次歷經變革，設計、材質甚至格紋也不斷變化，近年來由家長、校方和學生組成的服裝儀容委員會也積極參與改革，採取最新科技布料，希望能讓學生們日常穿著最為頻繁的服裝兼顧實用與美觀，活動方便、冬暖夏涼。

民國八零年代末期依舊實施男女分班，恆毅中學的男生教室集中於校園西側，女生則繼續待在東側，偶有越過整個操場去對方教室找人或借書，都會引來老師側目與教官盤問。

有一回下課時間，管樂社社長從若石樓的高二義班走到信義樓的高二真班，找同為社團幹部的真班女同學討論事情。因為彼此相當熟稔，女同學邊說話邊手舞足蹈，順勢往社長的肩膀拍了一下。說時遲那時快，這一幕剛好被真班導師陳美橙老師撞見，立刻停下腳步。管樂社社長意識到陳老師冷冽的目光，一看苗頭不對，馬上嚇得落荒而逃。

「老師？」女同學回過頭來，大吃一驚。

陳美橙老師雙眼一瞪，告誡學生：「女生就要有女生的樣子，有點氣質可以嗎？」

「知道了……」女同學瞬間尷尬得無地自容。

後來，隨著社會風氣趨於開放，多數學校改採取混合性別教育，由早期的男女分校、男女分班變更為男女合班，恆毅中學也成為其中之一。

縱然班上同時存在男生和女生了，普通的閒話家常或討論功課也不再被視為踰矩，校方仍要求男女學生嚴守分際，堅決反對男女學生交往、戀愛。

溫旺盛老師常在自己班上開玩笑：「告訴你們，老師生平以拆散班對為最大原則。」

「唉唷，老師不要這麼殘忍。人家讀北一女、建中的還不是會談戀愛？」男同學反駁。

「你有這種本質嗎？現在談戀愛，讀書就會不專心啊。」溫老師語重心長地交代：「男生請想想看，你們幹嘛幫別人養老婆呢？女生啊，好的貨色還在後面，等妳上大學發現更好，眼前這個又纏著散不掉！該怎麼辦？」

「哈哈，老師，妳是說現在這些貨色都不好？」女同學笑稱。

「對啦！」溫老師回答。不過開玩笑歸開玩笑，溫旺盛老師總是再三提醒：「高中短短三年，不要把時間浪費在談戀愛上，談了又不一定會有結果，反而和同儕的相處時間會減少。通常這個年紀的友誼可以維持很久，所以不要因小失大，後悔都來不及唷！」

管理男女合班，溫旺盛老師在性別教育上也下了一番苦心。身為自然組的班導師，班上的女生總是比男生少很多，溫旺盛老師也趁此進行機會教育，培養男同學們愛護女生的紳士風範。無論是工作分配，還是日常生活的大小事務，她都會稍稍偏心女生一些。

「老師，妳都對女生比較和藹可親，不公平！」男同學不滿地抗議。

「女生做比較輕鬆的工作又怎樣？保護一下女生為什麼不行？男生要大方、大器有男子氣概，不要跟女生計較小事情。」溫旺盛老師翻了個白眼。「不然你去閹掉啊。」

在溫老師的潛移默化之下，男同學們漸漸懂得如何照顧女生，明白男性先天上具備身形、體力方面的優勢。此外，在思維言語和互動舉止上，男同學們也明顯變得更為貼心。

關於男女交往，陳偉弘老師則採取另一種因應方式。

他傾向把戀愛中的學生想成「比較好的朋友」，畢竟青春期的孩子已經具有自主意識，檯面上再怎麼阻止，也擋不住檯面下的行為，導師愈是嚴苛，和學生們的距離就愈是遙遠，

時至今日，已不再過於嚴肅看待男女學生的互動友誼。

最後只是落得陽奉陰違的結果，也更難以掌握學生們的動向。

與其禁止男女交往，陳偉弘老師選擇的方法是教導他們掌握界線。

「女生啊，不要男生說什麼都答應，一起出去的時候記得要去人多的地方活動，千萬不要去包廂。」

「男生啊，和女生出去記得不要勾肩搭背，不要做出不應該的行為。」

陳偉弘老師也會告訴學生踰矩後必須承擔的後果，提醒學生們小心防範。

其實，師長們反對學生戀愛，很大的一個原因是來自擔心失戀帶來的苦果。

曾有一位高中女學生來自單親家庭，和獨自撫養她的母親關係並不融洽，因此將生活的重心都擺在男朋友身上，常常在外面混到很晚都不想回家。可是，談戀愛的事情曝光之後，母女衝突更是緊張。

於是輔導處的賴玉菁主任介入個案，居中協助溝通協調，也和女同學約定回家時間。賴主任發現她的國文成績不錯，便鼓勵她鑽研國文科目，後來女同學順利畢業，更申請上世新大學中文系，和家人的關係也融洽許多。

由於校規明文記載，男女學生在校若有踰矩行為，一律送獎懲委員會根據校規處分。為了避免學生難以把持、犯下無法彌補的過錯，溫旺盛老師在放學後還會騎著摩托車沿著校園周遭兜風一圈，突擊檢查有沒有認識的學生卿卿我我。

若是湊巧看見手牽著手的男女同學，溫老師就會把摩托車靠邊停下，嚴詞請兩人保持安全距離。

有一次，溫旺盛老師為了轉頭確認一對相互依偎的男女學生是不是自己班上的同學，還不小心撞上前方的計程車，反倒莫名挨了一頓罵呢！

學校進行防災演練。

拔腿狂奔衝特餐

又到了日正當中的時刻，肚子不爭氣地吵鬧著，正值發育的男同學們彷如嗷嗷待哺的雛鳥，瞪大眼睛巴望著講台上的老師趕快下課。

宣告午餐時間到來的下課鐘聲適時響起，老師開始收拾東西，男同學們拍拍不斷抗議的凹陷肚皮，自座位上起身，伸展僵硬的四肢。

「喔！」戴眼鏡的男孩打了個喝欠，問道：「今天中午吃什麼啊？」

他已經迫不及待想要離開教室前往學生餐廳，好好撫慰空虛的腸胃，同時鬆懈超載的腦神經。

「印象中……菜單裡好像有雞排和沙茶羊肉吧。」另一個裝牙套的男孩回答。

「不錯耶，我喜歡雞排。」這時，眼鏡男孩的肚子發出一陣咕嚕嚕的聲音。「喂，你動作快一點，我餓了啦。」

「我今天吃特餐喔！」牙套男孩從抽屜裡翻出一張小紙片，炫耀似地拿在手裡晃了晃。

眼鏡男孩雙眼一亮，對好友說道：「對欸，你今天領到特餐券，是幫老師出公差得到的獎勵。」

「嗯哼。」牙套男孩慢吞吞地站了起來，和眼鏡男孩並肩走出教室。

「特餐今天吃什麼？義大利麵？還是公仔麵？一想到上次吃的那個港式公仔麵，就讓我想要流口水……」

眼鏡男孩難掩興奮，臉上浮現如夢似幻的神情。

「今天的特餐是瓦倫西亞燉飯搭配香料雞腿。」

「瓦倫西亞燉飯？」

「就是一種以肉類為主的西班牙燉飯。」牙套男孩瞅著好友，眼裡隱約浮現一抹詭譎戲謔的光芒，他接著說道：「先用平底鍋煎雞肉塊，等到雞肉煎得金黃酥脆以後，再加上蔬菜燉煮，最後放入有名的香料蕃紅花，再加上白米煮熟收汁，香噴噴的瓦倫西亞燉飯就大功告成了。」

「好像很好吃耶，好羨慕喔！」眼鏡男孩轉頭問道：「不過你又不會煮飯，怎麼知道燉飯怎麼做？」

「我為了你，特別上網孤狗的啊。」牙套男孩勾起嘴角，壞壞一笑。

這時，眼鏡男孩意識到好友知道他熱愛美食，所以故意和他開玩笑，想看他口水流滿地的模樣，於是用力以手臂勾住對方的脖子，咬牙問道：「快拿來讓我看看，上面有沒有蓋乖寶寶印章？你幫老師出公差，老師一定有幫你貼好棒棒貼紙吧！」

「走開啦……」牙套男孩掙扎。

兩人邊走邊你推我擠，嘻嘻哈哈地自總務處洪志旻主任面前走過。

特餐，是一項劃時代的發明。

民國八十五年前後，恆毅中學餐廳仍是一幢長形的兩層樓校舍，位於活動中心正後方，兩者之間隔著一段草皮。

每到午餐時間，為了能享受一頓有別於傳統中式五菜一湯的特製西餐，許多學生們會在鐘聲準時響起時拔腿狂奔衝向餐廳，搶著領取那固定份量、為數不多的特餐。

有時候是義大利麵，有時候是鍋燒湯麵，能夠讓味蕾有些特殊刺激，短暫的百米衝刺和乳酸堆積便顯得相當值得。

隨著時代變遷，大多數台灣人的物質生活趨於富裕，異國料理也變得稀鬆平常，特餐對近幾年學生們的吸引力也不似從前強烈。不過，能夠換換口味總是好的，在家長會團膳組的嚴格監督下，餐廳伙食始終維持在營養均衡且富有變化的水準之上。

洪志旻主任正跨越操場跑道，打算前去餐廳用膳。正午的炙熱陽光灑落眼前的活動中心，將恆毅中學的藍白色盾形校徽映照得閃閃發亮。

活動中心是恆毅校園內早期的幾幢建築物之一，於民國六十一年劉嘉祥神父初任校長時落成。在那之前，每年恆毅中學的畢業典禮都必須借用中山堂的場地，後來劉神父請懂得建築的學生家長協助，替學校免費設計出能容納三千人的禮堂。

從此以後，天氣不好的日子裡，學生們上體育課有了一處遮風擋雨的室內場地，畢業典禮也得以在校內舉辦進行。尤其是以當時來說，新莊地區鮮少有如此規模的禮堂，所以啟用後許多政府機關還前來商借場地，李登輝前總統就借過兩次。

在總務處服務的洪志旻主任對校園裡的一景一物特別具有感情，他曾處理過水電、消毒、施工、建築補強等各類工程，更一手規劃校史室的成立，可說是對校內從古至今每一處角落都如數家珍。

洪主任於民國八十九年來到恆毅，由於之前在高職擔任行政工作長達八年，因校務評鑑而與陳永怡神父結識，進而受邀前來任教。他先後擔任訓育組長、教務組長與秘書，後來升任教務主任以及總務主任，除了人事和會計以外，每一個處室都歷練過。

校史室一樓，以剛恆毅樞機主教與主徒會為主題，佈置得美輪美奐。

光是秋天裡摘除和平四樓屋簷下虎頭蜂窩的任務，他便進行了好幾回。虎頭蜂的警戒範圍在直徑一百公尺上下，尤以季節轉變的秋冬之交最有攻擊性，所以洪主任和消防單位約好，連續三個週五晚上，在學生全數離開以後，消防隊駕駛消防車進入校園，以高壓水槍摘除虎頭蜂窩。

洪主任也接手仁愛、信義樓的補強工程，這兩棟建築下方的地質特殊，需重新加強穩固地基，一連串的教室搬遷、聯繫搬家公司、校內佈達、標示打包等冗長的調度過程勞心勞力，最後，歷時好幾個月，仁愛樓和信義樓的化糞池都挖掉了，機電設備也重新處理，這浩大工程終於告歇。

其他諸如通水溝、維護飲水機等事宜，也都在總務處的業務範圍以內，而多年來的歷練也讓洪志旻主任熟悉各行各業，懂得以行話與廠商溝通協調。

身為美術老師，擁有專業素養和別具慧眼的審美觀，洪志旻主任擅長以圖像說故事，承接校史室的創建自然是當仁不讓。

校史室最早設立於圖書館中的一角，後來，校方將從前張金賞和孫澤宏主任的宿舍二樓打通，規劃出相連的通道，因地制宜變成陳列空間。

洪志旻主任挖空心思，努力蒐集材料、想辦法陳列，一點一滴集結出具有時代意義的古董與資料照片，甚至翻出以毛筆寫下的科學館器材和智仁大樓募款計劃書，讓後人得以從蒼勁的書法中一窺昔日生活。

在執行校史室一案的過程中，洪主任以一張張黑白照片拼湊出恆毅中學成長的樣貌，恆毅最初的校地只有恆青大道前方的空間，操場北邊的成排榕樹則是一道圍牆。

就連學校中歷史最為悠久的忠孝樓都分成好幾次增建，先是東側的一樓，然後是二樓，接著才是西側一二樓，最後是整棟建築物的三樓以及電化教室。

洪主任走過活動中心，往日的片段也閃過腦海，他彷彿能看見早在攀岩場蓋好以前，坐落著大型花鐘的模樣；也能從泥巴的氣味裡憶起若石樓興建之前，泥土地上矗立著爬竿的軍訓場。

愈是接近餐廳，食物的香味就愈是濃郁。餐廳和宿舍所在的恆毅樓和溫水游泳池都是民國九十四年完工的，洪志旻主任步上通往二樓的階梯，舉目所及的一磚一瓦，在在代表著恆毅中學的歷史演進。

「主任好！」餐廳糾察向洪主任打了招呼。

「辛苦了。」洪主任點點頭。

現在不用毛筆了，菜單還直接公告在學校的官方網站上，餐廳桌椅也由吃流水席般的圓桌圓凳改為整齊乾淨的長桌，校方提供更先進的硬體設備和更完善的規劃照料學生，例如含有獎勵性質的特餐券和變相照顧學生的餐廳糾察制度。

特餐券掌握在班導師手中，導師可以自由發放給學生，作為鼓勵同學的獎賞品。而餐廳糾察制度則是另一項恆毅中學的德政，由於擔任餐廳糾察的同學可以抵免餐費，每個學期，教務處會清查學生背景，詢

學生們津津有味地享用學校伙食。

問需要幫助的學生意願，至於其他同學也可以自由報名參加，將餐糾工作視為工讀，自食其力之餘還能減輕家裡的負擔。

此時，餐廳糾察們已經整裝待戈，有人站在門口管理隊伍，有人幫忙收餐券，還有人負責打菜，或是於餐後協助收拾桌子。

恆毅中學的學生餐廳飄散著令人垂涎欲滴的幸福滋味，這是齊集校方、家長會、團膳廠商與餐糾學生的努力，以營養均衡的伙食餵飽每個發育中的青少年。

學生們在午餐時光聊天、飲食、放鬆心情，即使畢業後再度想起，依然會懷念不已，這是母校的味道，也是媽媽的味道。

恆毅創校一甲子

指針跳躍著走過六點，已經過了學生放學的時刻與老師下班的時刻，湧進恆毅中學校門口的人車卻絡繹不絕。

今晚是特別的一晚，花販在路口擺起了攤，一個個塑膠圓桶裡插滿鮮豔的花束，紅的玫瑰、青的桔梗、紫的鬱金香、白的百合，還有藍色的繡球花、黃澄澄的向日葵以及時下最流行的不凋花，各式各樣任君挑選，走進校內的家長們幾乎人手一束。

第五十九屆的國中部畢業典禮即將於今晚舉行，校內隨處可見指引方向的告示牌，糾察隊則站在每一個岔路口揮舞雙手導引，前來觀禮的家長們行色匆匆，深怕錯過這值得紀念的重要時刻。

「畢業典禮在活動中心喔！」一位擔任糾察隊的男孩提醒。

「活動中心？往哪個方向？」家長納悶。

「沿著恆青大道經過籃球場，就會看到了。」糾察隊男孩回答。

「好，謝謝！」家長道。

另一個牽著幼兒的家長走向一位糾察隊女孩，神色慌張地問：「同學，不好意思，請問洗手間在哪裡？」

「最近的女廁在前面十公尺右側喔！」糾察隊女孩好心地說：「我帶妳們去好了。」

「太感謝了！」家長連連道謝。

此時，劉嘉祥神父自若石樓七樓的神父宿舍內遠眺窗外，時序再度邁入六月，又到了送走一批畢業生的季節。

劉神父曾任恆毅的第三和第五任校長，前後超過十八年，加上任職董事長的時間，可說是一路陪伴恆毅成長茁壯的最佳領導者、守護者與見證者。

前些時日，恆毅中學的老師們才幫劉神父慶祝生日，不過眨眼間，恆毅中學便迎向創校六十週年，而劉神父來到台灣也已經六十九個年頭了。

說起來，劉神父自大陸飄洋過海來到台灣的過程也是千迴百轉。

劉嘉祥神父出生於河北保定的天主教家庭，他的伯父與舅父都是神父，在當時的環境下，周遭許多家庭也都有送孩子去當修士的習慣，劉嘉祥神父自然也步上相同的道路。

民國三十八年，由於中共佔領了北京，主徒會修士被迫離開大陸。包含劉嘉祥神父等十四名還在耕莘中學就讀的修士們只好逃難到青島，他們計畫前往上海，然而計畫趕不上變化，上海很快地也被共軍佔領了，一行人只得轉往廈門。

在校生夾道歡送畢業生。

他們意識到待在廈門並非長遠之計，接著又搭船來到香港，那時候，印尼和台灣都有神父前往開疆闢土，在權衡之下，劉嘉祥神父選擇了台灣為落腳處，毅然搭機飛往台北。

輾轉抵達台灣後，劉神父插班在建國中學唸了兩年書，他還記得當時建中是大陸老師辦的，而成功高中則是本地老師辦的，因為建中多數人都以中文溝通，來自大陸的他自然以建中為優先選擇。

至此，戰亂中顛沛流離的少年生活終於安定下來。

自建國中學畢業後，劉嘉祥神父在陽明山上唸了幾年哲學，接著又到羅馬讀了四年法律，在那個年代堪稱飽讀群書、博學多聞，隨遇而安且擁有堅韌的生命力。

李遵信老師曾回憶過往：「我讀恆毅中學時期，劉神父就在恆毅當修士了，他是大陸帶出來最年輕的一批修士，大家喊他『大修士』。每天早上，他都會從宿舍送小修士到圍牆，把門打開以後讓小修士進來上學，照顧他們的生活。在我們看來，劉神父就像是兄長一樣。」

劉嘉祥神父自羅馬深造畢業後再返台灣，在主徒會安排下進入恆毅中學擔任校長，歷時十年後，劉神父接著又先後

畢業生穿越氣球門柱，依序進入畢業典禮場地。

在輔仁大學夜間部的訓導處和教務處歷練，等到第四任恆毅中學校長麻斯駿神父退任，劉神父又再次接下校長的責任，這回任期長達八年。

李遵信老師在劉嘉祥神父任內升為訓導主任，對他而言，劉神父既像老闆又像兄長，他對神父懷抱相當深厚的情感。

「我跟劉神父最熟，他敢抓我來當訓導主任，又做了很多不一樣的事情，每當我提出新的想法，例如園遊會、校慶或是畢業旅行，他都完全不干涉，只說『你要做就做』付出完全的信賴，用人不疑、疑人不用。」

「我曾經邀請老師和學生家長來頒獎，而不是讓那些達官貴人來頒獎。學生們事先不知情，所以獲獎時更有感覺！我當時覺得，畢業典禮是屬於孩子們的，不應該讓其他不相干的人來佔時間，缺點是頒獎的時間拉得很長。」

劉嘉祥神父相信校務該分權負責，尊重訓導處、教務處兩位主任的大小決定，每個禮拜和主任們開會時，只要了解目前的動向，並對主任們說些鼓勵的話即可，劉神父並不是一個會質疑屬下判斷的上司。

不過，在劉神父的校長生涯之內，恆毅中學也曾遭遇過經營危機。

民國五十七學年度，九年國民義務教育開始實施，因為公立國中免費，許多私立中學便少了很多初中部學生。原本恆毅每年有十一個班級，瞬間減半變為六個班，境況非常危險。

所幸恆毅中學以勤管嚴教聞名，普通公立國中沒有教官管理，恆毅不只有教官，師資要求也極為嚴謹，撐過那段低潮期後，再度恢復為每屆有十多個班級的榮景。

李遵信老師退休以後，不時回來恆毅探望劉嘉祥神父，儘管頭髮已經斑白，劉神父的思緒仍條理分明，記憶絲毫沒有因歲月而模糊，看到他身體健康，李老師心中也很是歡喜。

民國七十六年，國共開放兩岸探親，與家人分離了近四十載，劉嘉祥神父終於有機會回到保定老家與親人相聚。往後的日子，他每隔幾年就回去一趟，儘管恆毅校園好比他的第二個家，但神父也從沒忘了自己最初的家園。

光陰荏苒，一晃眼就來到了民國一百零七年，海峽對岸的家人只剩下定居北京的哥哥和留在保定的妹妹，而眼下又將與一屆畢業學生們告別……

劉嘉祥神父抬頭仰望星空，在浩瀚的宇宙裡似乎又理解了些什麼。

賓客陸續就座，燈火通明的活動中心內，畢業典禮以溫馨的歌聲迎接國三應屆畢業生們。

以國三智班為首，學生們推著張玉玫老師的輪椅進入禮堂，張老師的腳打著石膏，行動不太方便，她的學生則暫時權充她的雙腳，讓她有如被工蜂簇擁著的女王蜂。一路嘻嘻哈哈的學生們甘之如飴，對蜂群來說，女王在哪裡，家就在哪裡。

跟在智班後面的是黃淑華老師帶領的國三義、吳惠晏的國三勇、陳國元老師的國三節和古玉鳳的國三信班，畢業的興奮清楚寫在每個學生的臉上。

老師們的神情則顯得五味雜陳，心中半是不捨半是驕傲，不捨的是又要和累積了三年情感的學生們別離，驕傲的是看著孩子們即將升上高中，就好比母鳥目送小鳥展翅離巢。

隊伍走了近三分之一，緊接著輪到陳偉弘教導的國三望班。

幾年下來，畢業典禮帶給陳偉弘老師許多美好回憶，印象最深刻的一次，是他帶的第一屆畢業班，因為當時的學生們覺得老師代步用的摩托車很破爛，實在看不下去，居然湊錢買了一輛新車，在典禮當天把車鑰匙送給了老師。

那可是一份大禮啊！陳偉弘老師回過神來以後，認為價值五、六萬的禮物實在過於貴重，想去學生家長開的機車行退還，沒想到家長卻斷然拒絕，堅持老師收下孩子們的心意，於是，陳偉弘老師便珍惜地一路騎到了現在，算算也已經十二年。

他的第二屆畢業班也頗有意思，家長們好意替陳老師辦了謝師宴，席間飯吃到一半，家長竟然扛出一幅黃金金箔貼出來的匾額，要老師抱回家珍藏。匾額可是實木的哪，大小接近一張單人床，風格則類似香火鼎盛的宮廟，讓他帶回家掛起來也不是，藏起來也不是，陳偉弘老師既苦惱又感動，實在哭笑不得。

望班坐下以後，其他班級也依序進入活動中心，有吳蓁庭的國三愛班、林志銘老師的國三真、林錦鈴老師的國三善、許文禎老師的國三美、左玲玲老師的國三聖班以及呂佩樺的國三誠班。

放眼望去，整個活動中心的一二樓幾乎都被坐滿了，一樓坐的是畢業學生，二樓則是觀禮的家人，盛況空前彷若知名藝人來開演唱會，足見恆毅家長對畢業典禮的重視。

許多班級的任課老師們也前來觀禮，林鑫政老師置身於如此溫馨的場景內，不禁想起一個很特別的孩子。

那是一屆高三勇班，有個孩子成績很好，卻有目中無人的毛病。他非常驕傲，總覺得其他同學什麼都不會，弄得人緣相當糟糕。

「智班導師說你成績好，可以調過去，你要不要？」一日，林鑫政老師問他。

「不要，我喜歡待在勇班。」學生回答。

「確定？近朱者赤、近墨者黑唷！」林老師開玩笑道。

結果那孩子就是不肯，他甚至私下要求老師調整課程，教得深入一點。林老師告訴他：「其他同學連簡單的都不會，還是應當從基本的奠定觀念才好。」

「其他同學就不要管他們嘛。」學生抱怨。

林鑫政老師聽了，覺得不行再這樣放任他繼續下去，三番兩次語重心長地開導他：「你不能那麼自私，同學之間感情不好，搞得自己像孤魂野鬼，這種生活你喜歡嗎？」

後來學生慢慢將老師的話聽進去了，性格也逐步調整，到了畢業典禮當天，學生的父親甚至當面向林鑫政老師表達感謝。

「林老師，謝謝你教導這個孩子。」學生父親握著林老師的手，說出肺腑之言。

「您別客氣，這是為人師表應盡的責任。」林鑫政老師回答。

日後，該名學生考高雄醫學大學的藥學系，還經常回來母校探望老師，完全沒有因昔日被師長糾正而耿耿於懷。

舞台上，畢業典禮開始，在司儀悠揚的語調中，諸多回憶的片段浮上在場老師們的心頭。

坐在台下的還有教務處的謝怡靜主任，謝主任有個習慣，每當她去醫院看病的時候，就會到布告欄前瀏覽醫生介紹，若是認出其中有自己昔日的學生，便會感到格外高興，心裡充斥著一股與有榮焉的暖意，覺得多年來的辛苦付出全都值回票價！

此刻，她默默祝福著畢業生們：但願所有的恆毅中學畢業生都能發光發熱，有朝一日成為國家社會的棟梁。

同一時間，一群身穿新莊國小制服的孩子們正在校園裡追逐玩耍。他們跑過警衛室，稚嫩的嗓音喊著：「警衛伯伯好！」

「寫完功課啦？」警衛伯伯微笑著向他們揮揮手。

「寫完囉！」孩子們笑嘻嘻地說，然後又像一陣風似的溜過轉角。

從前在校園裡奔跑嬉戲的教職員孩子們都長大了，羅美枝老師的小孩已經就讀研究所，簡惠眉老師的小孩正在唸大學，楊濟銘老師的兒子則是恆毅高中今年的畢業生。

現在，新一批年輕老師與他們的孩子們加入恆毅，為恆毅注入一股嶄新的活力。恆毅中學將持續步向下一個六十年，代代相傳，生生不息。

教職員的孩子們排好隊伍，大的帶著小的，小的跟緊大的，往隔壁的新莊國小走去。

附録

軍訓課程

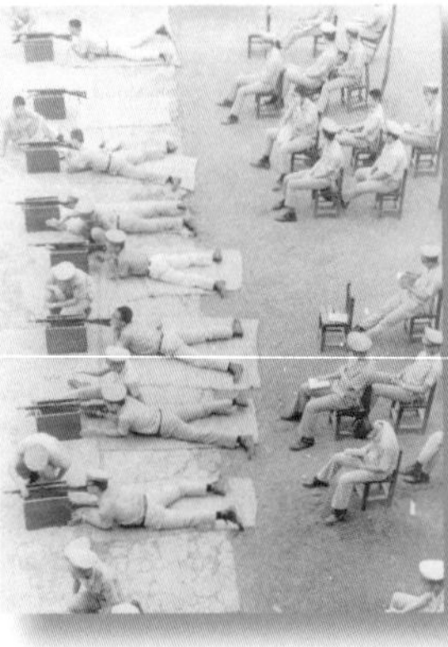

制服演進

拔河比賽

管樂社

聖誕節

成年禮

國家圖書館出版品預行編目

六十年,士必弘毅. 下 : 1958恆毅中學 / 周禮群
作. -- 新北市 : 新北市恆毅中學, 2018.12
面 ;　公分
ISBN 978-986-97127-1-2(平裝)

1. 新北市天主教恆毅高級中學

524.833/103　　107018860

六十年，士必弘毅（下）：1958恆毅中學

作　　者／周禮群
出　　版／新北市天主教恆毅高級中學
242新北市新莊區中正路108號
電話：+886-2-2992-3619
傳真：+886-2-2279-5083
製作銷售／秀威資訊科技股份有限公司
114 台北市內湖區瑞光路76巷69號2樓
電話：+886-2-2796-3638
傳真：+886-2-2796-1377
網路訂購／秀威書店：https://store.showwe.tw
博客來網路書店：http://www.books.com.tw
三民網路書店：http://www.m.sanmin.com.tw
金石堂網路書店：http://www.kingstone.com.tw
讀冊生活：http://www.taaze.tw

出版日期／2018年12月
定　　價／350元

謝詞

時隔多年，再次踏入恆毅校園的心情誠惶誠恐。

恆毅校史源遠流長，作育英才無數，我自問是吃了什麼熊心豹子膽，竟敢接下如此重任？麗華老師將我介紹給主任與校長，萬一寫得不好，豈不是愧對恩師信任？我又該如何下筆，才能寫出最動人的、屬於恆毅的故事呢？

所幸學校行政單位給予了非常大的幫助，感謝怡靜主任、玉菁主任協助聯繫約訪，總務處志旻主任、文書組慷慨提供各項資源，讓我能全心全意投入採訪與撰文工作。後期作業更是動員了多位行政人員和國文科老師們，協助校稿事宜。也非常感謝海鵬校長，願意相信身為恆毅校友的我，會以充滿感情的柔軟眼光看待縱橫一甲子的歷史，並給我充分的創作自由。

歷時數月的寫作期間，本書共收錄了近四十位恆毅人的回憶。感謝每一位受訪者，毫無保留地與我分享經驗和人生，願意讓我陪著笑，陪著哭。我聆聽學生們訴說校園生活，校友們暢談年少趣事，退休老師細數恆毅的一磚一瓦一草一木，邀我見證了時代的推移。

受訪者中，老師尤其佔絕大多數，感謝諸位老師給予的莫大幫助，讓我明白自己搞砸這本書的擔憂是多慮了。關於那些老師們侃侃而談的故事：最難忘的班級、最惋惜的學生、最驕傲的事蹟與最倦怠的時刻，不只會被印刷在書頁上，更將永遠烙印在我的心裡。我發現即使畢業多年，時至今日，您們仍繼續擔任我生命的導師，我由衷感謝。

最後，感謝天主的安排和命運的牽引。我以身為恆毅的一份子為榮！

周禮群　謹上

2018.10.10